SCIENCE FICTION

Herausgegeben
von Wolfgang Jeschke

Vom gleichen Autor erschienen außerdem als Heyne-Taschenbücher

Weltraum-Mollusken erobern die Erde · Band 3043
Ein Doppelleben im Kosmos · Band 3049
Bewohner der Milchstraße · Band 3054
Die lange Reise · Band 3101
Revolte auf Luna · Band 3132
Ein Mann in einer fremden Welt · Band 3170
Die Straße des Ruhms · Band 3179
Farmer im All · Band 3184
Die Entführung in die Zukunft · Band 3229
Die sechste Kolonne · Band 3243
Unternehmen Alptraum · Band 3251
Utopia 2300 · Band 3262
Der Mann, der den Mond verkaufte · Band 3270
Welten · Band 3277
Nächste Station: Morgen · Band 3285
Abenteuer im Sternenreich · Band 3336
Das geschenkte Leben · Band 3358
Die Leben des Lazarus Long · Band 3481
Die Reise in die Zukunft · Band 3535
Der Rote Planet · Band 3698
Die Zahl des Tiers · Band 3796 (in Vorbereitung)
Weltraumpiraten · (in Vorbereitung)
Zwischen den Planeten · (in Vorbereitung)

ROBERT A. HEINLEIN

DIE ZEIT DER HEXENMEISTER

WALDO & MAGIE GMBH

Zwei Science Fiction-Romane

Neuauflage

WILHELM HEYNE VERLAG
MÜNCHEN

HEYNE-BUCH Nr. 3220
im Wilhelm Heyne Verlag, München

Titel der amerikanischen Originalausgabe
WALDO AND MAGIC INC.
Deutsche Übersetzung von Walter Brumm

4. Auflage
Redaktion: Wolfgang Jeschke

Printed in Germany 1980
Umschlagbild: Patrick Woodroffe
Umschlaggestaltung: Atelier Heinrichs & Schütz, München
Gesamtherstellung: Mohndruck Graphische Betriebe GmbH, Gütersloh

ISBN 3-453-30109-9

INHALT

WALDO

Die Nummer war eine groteske Ballett-Pantomime. Der verschmähte Harlekin umwarb vergeblich die zierliche Ballerina und suchte sie mit immer gewagteren Kapriolen für sich zu gewinnen. In seiner Verzweiflung sprang er hoch in die Luft, höher als man es von einem Menschen erwartet hätte — und vollführte, während er dort schwebte, einen unwahrscheinlichen *entrechat douze.*

Er landete auf den Zehenspitzen und verneigte sich zum Zuschauerraum. Die Scheinwerfer erloschen, die Bühnenbeleuchtung strahlte auf, und im gleichen Augenblick prasselte der Beifall los.

Er stand da und genoß die Emotionen. Ihm war, als könne er sich dagegenlehnen. Der Beifall und die Zurufe wärmten ihn. Es war herrlich zu tanzen, Applaus zu bekommen, geschätzt und verehrt zu werden.

Als der Vorhang zum letztenmal fiel, folgte er langsam den Mitgliedern seiner kleinen Truppe zu den Garderoben. Am Ende einer Vorstellung war er immer ein bißchen berauscht; wenn er tanzte, geriet er fast jedesmal in eine freudetrunkene Ekstase, sogar bei Proben, aber wenn er sich von einem vollbesetzten Zuschauerraum getragen fühlte, war es noch besser.

»Eine Aufnahme, bitte.« Die Blitzlichter zuckten. »Danke.«

»Ich danke. Kommen Sie, trinken wir einen.« Er machte eine einladende Handbewegung zu seiner Garderobe. Sie waren alle so nette Burschen, die Reporter und die Fotografen.

»Wie sind Sie eigentlich dazu gekommen, eine Karriere als Tänzer anzufangen?«

Es war eine weibliche Stimme neben seinem linken Ohr. Er wandte sich etwas verwirrt um.

»Verzeihung«, sagte er, »ich habe nicht verstanden. Ein ziemlicher Lärm, hier.«

»Ich fragte, warum Sie sich entschlossen, Tänzer zu werden.«

»Ja, also, ich weiß nicht ganz, wie ich das beantworten soll. Ich fürchte, da müßten wir weit in die Vergangenheit zurückgehen . . .«

James Stevens bedachte seinen Stellvertreter mit einem düsteren Blick. »Was hast du, daß du so verdammt glücklich aussiehst?« fragte er.

»Das liegt nur an der Form meines Gesichts«, entschuldigte sich der andere. »Versuche über diesen Witz zu lachen: Es hat wieder einen Absturz gegeben.«

»Nein! Passagier oder Fracht?«

»Eine Climax-Frachtmaschine auf der Strecke Chicago-Salt Lake City. Und noch was, Jim . . .«

Ja?«

»Der Chef will dich sprechen.«

»Das ist interessant. Das ist sehr, sehr interessant. Mac . . .«

»Was ist?«

»Möchtest du Chefingenieur der Verkehrsabteilung werden? Wie ich höre, soll die Stelle bald frei werden.«

Mac kratzte seine Nase mit dem Zeigefinger. »Komisch, daß du gerade das erwähnst, Jim. Ich wollte dich nämlich gerade fragen, welche Empfehlungen du mir für den Fall geben kannst, daß ich wieder in den Maschinenbau zurückgehe. Es müßte dir einiges wert sein, mich loszuwerden.«

»Ich weiß schon, wie ich dich loswerde — jetzt gleich. Du fliegst sofort zur Absturzstelle, bevor die Andenkenjäger alles auseinanderreißen, und holst die Triebwerke und das Schaltbrett.«

»Du meinst, es könnte Ärger mit der Polizei geben?«

»Ich weiß nicht. Hauptsache, du kommst zurück.«

Stevens hatte sein Büro auf dem Werksgelände; die Verwaltung der North American Power-Air befand sich einen guten Kilometer entfernt in einem Hügel. Es gab den üblichen Verbindungstunnel; Stevens wählte mit Vorbedacht das langsam laufende Transportband, um mehr Zeit zum Überlegen zu haben, bevor er dem Chef gegenübertrat. Als er ankam, wußte er, wie er sich zu verhalten hatte, aber die Antwort gefiel ihm nicht.

Der Chef — Stanley F. Gleason, Vorstandsvorsitzender — begrüßte ihn mit einem milden Kopfnicken. »Setzen Sie sich, Stevens. Eine Zigarre?«

Stevens ließ sich auf einen Stuhl nieder, schlug die Zigarre aus und zog eine Zigarette aus seiner Packung, während er umherblickte. Außer dem Chef und ihm selber waren noch einige andere anwesend: Harkness, der Leiter der Rechtsabteilung; Dr. Rambeau, der Forschungsdirektor; und Striebel, der Chefingenieur der städtischen Energieversorgung. Wir fünf und sonst keiner, dachte er grimmig. Köpfe werden rollen — meiner als erster!

»Ich nehme an, wir sind vollzählig«, sagte er, beinahe kriegerisch. »Wer hat die Karten? Wollen wir abheben, bevor gegeben wird?«

Harkness verzog angesichts dieser Ungehörigkeit leicht angeekelt das Gesicht. Rambeau schien zu sehr mit seinen eigenen trüben Gedanken beschäftigt zu sein, um an geschmacklosen Scherzen dieser Art Gefallen zu finden. Gleason ignorierte die Einleitung. »Wir haben versucht, einen Ausweg aus unseren Schwierigkeiten zu finden, Stevens. Ich ließ Sie verständigen, weil ich hörte, daß Sie im Werk waren.«

»Ich wollte nur hereinschauen und sehen, ob Post für mich da ist«, sagte Stevens bitter. »Andernfalls wäre ich jetzt unterwegs nach Florida.«

»Ich weiß«, sagte Gleason, »und es tut mir leid. Sie haben diesen Urlaub verdient, Stevens. Aber die Situation hat sich verschlechtert, statt sich zu bessern. Irgendwelche Ideen?«

»Was sagt Doktor Rambeau?«

Der Forschungsdirektor blickte kurz auf. »Die Energieempfänger können theoretisch nicht versagen. Bleiben die Umsetzer oder die Triebwerke selbst.«

Stevens wandte sich wieder Gleason zu und breitete die Hände aus. »Soviel ich weiß, hat Doktor Rambeau recht — aber wenn der Fehler bei meiner Abteilung liegt, habe ich ihn noch nicht feststellen können. Wenn Sie wollen, reiche ich meine Kündigung ein.«

»Ich will Ihre Kündigung nicht«, sagte Gleason. »Ich will Resultate. Wir sind den Aktionären verantwortlich.«

»Und der Öffentlichkeit«, warf Harkness ein.

»Das regelt sich von selbst, wenn wir das andere lösen«, bemerkte Gleason. »Jedenfalls muß etwas geschehen, damit unser Papier wieder zu einem besseren Börsenkurs kommt, oder die nächste Aktionärsversammlung setzt mir den Stuhl vor die Tür. Haben Sie einen Vorschlag, Stevens?«

Stevens nagte an seiner Unterlippe. »Nur einen«, sagte er, »und den mache ich ungern. Dann sehe ich mich nach einem Job als Abonnentenwerber für Zeitschriften um.«

»So? Nun, was ist das für ein Vorschlag?«

»Wir müssen Waldo konsultieren.«

Rambeau hob erstaunt seinen Kopf. »Was? Diesen Scharlatan?«

Harkness sagte: »Wirklich, Stevens, das ist doch wohl . . .«

Gleason hob eine Hand. »Der Vorschlag ist nicht so unlogisch, wie er sich vielleicht anhören mag. Aber ich fürchte, er kommt ein bißchen spät, Stevens. Ich habe letzte Woche mit ihm gesprochen.«

Harkness war überrascht. Stevens war außerdem noch ärgerlich.

»Ohne mich davon wissen zu lassen?«

Gleason nickte. »Ich habe nur vorgefühlt. Aber es hat keinen Zweck. Seine Bedingungen uns gegenüber laufen auf Räuberei hinaus.«

»Immer noch vergrämt wegen der Hathaway-Patente?«

»Sein Groll hat nicht nachgelassen.«

»Ich hätte den Vorschlag mit Waldo nicht gemacht«, fuhr Stevens fort, »wenn ich nicht eine Idee hätte, wie ich an ihn herankommen kann. Ich kenne einen Freund von ihm . . .«

»Einen Freund von Waldo? Ich wußte nicht, daß er welche hat.«

»Dieser Mann ist eine Art Onkel für ihn — sein Leibarzt,

sozusagen. Mit seiner Hilfe könnte ich an Waldos grüne Seite kommen.«

Dr. Rambeau stand auf. «Dies ist eine unerträgliche Groteske«, erklärte er. »Ich muß Sie bitten, mich zu entschuldigen.«

Er wartete keine Antwort ab und schritt hinaus. Die automatische Tür hatte kaum Zeit, sich vor ihm zu öffnen.

Gleason verfolgte seinen Abgang mit besorgtem Blick. »Warum nimmt er es so schwer? Man könnte meinen, er hasse Waldo persönlich.«

»Wahrscheinlich tut er es. Aber es ist nicht nur das; sein ganzes Universum stürzt zusammen. Während der letzten fünfzehn Jahre oder so, seit die Umformulierung der Allgemeinen Feldtheorie Heisenbergs Unsicherheitsprinzip zu Fall brachte, galt die Physik als eine exakte Wissenschaft. Das Versagen der Energieübertragung, unter dem wir in letzter Zeit zu leiden haben, ist für Sie und für mich eine äußerst ekelhafte Sache, aber für Doktor Rambeau kommt es einem Angriff auf seinen Glauben gleich. Wir sollten ihn im Auge behalten.«

»Warum?«

Weil er ganz durcheinandergeraten könnte. Es ist eine ernste Sache, wenn einer sich von seiner Religion im Stich gelassen sieht.«

»Hm. Und Sie? Trifft es Sie weniger hart?«

»Nicht so hart wie ihn. Ich bin Ingenieur, eine Art hochbezahlter Mechaniker. Die Orientierung ist anders. Nicht, daß die Sache mir nicht unter die Haut ginge.«

Die Gegensprechanlage auf Gleasons Schreibtisch wurde lebendig. »Ist Chefingenieur Stevens bei Ihnen?«

Gleason legte den Schalter um. »Er ist hier. Was gibt es?«

»Ein Funkspruch im Firmenkode. Der entschlüsselte Text lautet wie folgt: ›Notlandung acht Kilometer nördlich von Cincinnati. Soll ich nach Nebraska weiterreisen, oder das Duweißt-schon-Was von meiner eigenen Kiste mitbringen? Mac.‹«

»Sagen Sie ihm, er soll zu Fuß zurückgehen!« sagte Stevens verdrießlich.

»In Ordnung.« Das Gerät schaltete aus.

»Ihre rechte Hand?« fragte Gleason.

»Ja. Das ist das letzte, Mr. Gleason. Soll ich warten und dieses Versagen zu analysieren versuchen, oder soll ich sehen, ob ich mit Waldo ins Gespräch kommen kann?«

»Versuchen Sie mit Waldo zu reden.«

»Gut. Wenn Sie nicht wieder von mir hören, überweisen Sie mein letztes Gehalt nach Miami, postlagernd. Dann will ich mein Glück als Beachcomber versuchen.«

Gleason gestattete sich ein unglückliches Lächeln. »Wenn Sie keinen Erfolg haben, werden wir uns dort wiedersehen. Viel Glück.«

Als Stevens gegangen war, meldete sich Chefingenieur Striebel das erstemal zu Wort. »Wenn die Energieversorgung der Städte versagt«, sagte er leise, »wissen Sie, wo ich sein werde, nicht wahr?«

»Wo? Auch am Strand auf der Suche nach Treibgut?«

»Nicht wahrscheinlich. Ich werde der erste sein, der gelyncht wird.«

»Aber die Energieversorgung der Städte kann nicht ausfallen. Es gibt zu viele Ersatzschaltungen und Sicherheitsvorkehrungen.«

»Auch die Triebwerke können nicht ausfallen, angeblich. Stellen Sie sich nur mal die dritte Subetage von Pittsburgh vor, ohne Beleuchtung. Oder stellen Sie sich das lieber nicht vor!«

Doc Grimes sperrte seine Haustür auf, warf einen Blick auf die Anzeigetafel und sah, daß schon jemand da war, der die Nummernkombination seines Türschlosses kannte. Schwerfällig stapfte er durch den Korridor und in sein Wohnzimmer.

»Hallo, Doc!« James Stevens stand auf und kam ihm entgegen.

»Hallo, James«, sagte Grimes. »Ich sehe, du hast dir schon einen eingeschenkt. Gib mir auch ein Glas.«

Während Stevens ihm den Wunsch erfüllte, wand Grimes sich aus seinem ausländisch-anachronistischen Überzieher und warf ihn in die Richtung des Kleideralkovens. Der Überzieher fiel schwer und mit einem dumpf-metallischen Geräusch auf den Boden. Grimes bückte sich und stieg ächzend aus einer dicken Überhose, die nicht weniger schwer sein mochte als der Überzieher. Darunter trug er einen gewöhnlichen blaugrauen Geschäftsanzug, der ihm nicht sonderlich gut stand.

James Stevens blickte mißbilligend zu den abgelegten Überkleidern. »Immer diese alberne Rüstung«, kommentierte er.

»Selbstverständlich.«

»Du machst dich kaputt, Doc, wenn du immer dieses Zeug mit dir herumschleppst. Es ist ungesund.«

»Wenn ich es nicht täte, würde ich mich erst recht kaputtmachen.«

»Unsinn! Ich werde nicht krank, und ich schleppe keine Rüstung mit mir herum.«

»Du solltest es tun.« Grimes ging zu ihm, musterte ihn einen Moment und sagte: »Schlag die Beine übereinander.« Stevens gehorchte. Grimes hieb ihm die Handkante ziemlich kräftig unter die Kniescheibe. Die Reflexzuckung war kaum wahrnehmbar. »Lausig«, bemerkte er, dann zog er seinem Freund das rechte Augenlid hoch.

»Du bist in einer jämmerlichen Verfassung«, sagte er nach einem Moment.

Stevens wehrte ungeduldig ab. »Ich bin in Ordnung. Wir sprechen von dir.«

»Was soll mit mir sein?«

»Nun — hör mal, Doc, du wirfst deinen guten Ruf weg. Die Leute reden über dich.«

Grimes nickte. »Ich weiß. ›Der arme alte Gus Grimes; hat Termiten im Gehirn.‹ Mach dir keine Sorgen um meinen Ruf. Ich war schon immer ein Sonderling. Wie ist es mit deiner Müdigkeit?«

»Ich weiß nicht. Normal.«

»Wirklich? Das glaubst du selber nicht.«

Stevens rieb seine Augen. »Laß diese Stichelei, Doc. Ich bin natürlich nicht gut beisammen, das weiß ich, aber es ist nichts als Überarbeitung.«

»Hah! James, du bist ein erfahrener Strahlungstechniker und Ingenieur, aber du bist kein Mediziner. Du kannst nicht erwarten, den menschlichen Körper Jahr für Jahr gewaltigen Mengen der verschiedensten Energiestrahlungen auszusetzen, ohne dafür einen Preis zu bezahlen. Für so etwas ist unser Körper nicht gemacht.«

»Aber im Kraftwerk und im Labor trage ich einen Schutzanzug. Du weißt das.«

»Gewiß. Und draußen?«

»Aber — Paß auf, Doc, ich sage es nicht gern, aber deine ganze These ist lächerlich. Natürlich gibt es heutzutage Strahlungsenergie in der Luft, aber keine schädliche. Alle Biochemiker stimmen überein, daß . . .«

»Unsinn!«

»Aber du mußt doch zugeben . . .«

»Ich muß gar nichts zugeben. Seit dreißig Jahren vertrete ich die Überzeugung, daß es gefährlich ist, lebendes Gewebe energiereichen Strahlungen auszusetzen. Vom evolutionären Standpunkt aus ist der Mensch nur an die natürliche Strahlung der Sonne gewöhnt, und selbst die hält er nicht allzu gut aus,selbst unter einer dicken Decke von Ionisation. Aber ihr klugen Burschen denkt euch ständig neue Sachen aus, mit denen wir Ärzte nicht fertig werden können. Wir sind immer im Rückstand, können gar nicht anders. Gewöhnlich wissen wir nicht, was geschehen ist, bis wir mit dem Schaden konfrontiert werden. Und diesmal habt ihr es besonders klug angefangen.«

Er setzte sich schwerfällig und sah auf einmal so müde und zerschlagen aus wie sein jüngerer Freund.

Stevens fühlte jene unangenehme Verlegenheit, die einen überkommt, wenn ein guter Freund sich in eine völlig wertlose Person verliebt. Er fragte sich, was er sagen könne, ohne beleidigend zu wirken.

Er wechselte das Thema. »Doc, ich bin herübergekommen, weil ich verschiedenes auf dem Herzen habe—«

»Zum Beispiel!«

»Einen Urlaub, zum Beispiel. Ich weiß, daß ich überarbeitet bin und Erholung brauche. Die andere Sache betrifft deinen Freund Waldo.«

»Was?«

»Ja. Waldo Farthingwaite-Jones.«

»Warum ausgerechnet Waldo? Interessierst du dich plötzlich für *myasthenia gravis?*«

»Keineswegs. Als Krankheitsfall ist er mir egal. Ich möchte ihn wegen eines speziellen Problems zu Rate ziehen.«

»Warum tust du es nicht?«

»Ich kann es nicht allein tun. Waldo hilft den Leuten nicht; er benützt sie. Du bist seine einzige Kontaktperson mit der Menschheit.«

»Das stimmt nicht. Er hat keine Kontaktpersonen. Ich bin nur der einzige Mensch, der es wagt, grob mit ihm umzuspringen.«

»Es ist eine dumme Geschichte, weißt du. Waldo ist der Mann, der uns helfen kann. Aber unglücklicherweise will er nichts mit uns zu tun haben. Wie ist es möglich, daß ein Genie seines Kalibers so unnahbar sein kann, so immun gegen alle Anliegen der Allgemeinheit? Ich weiß natürlich, daß seine Krankheit eine Rolle dabei spielt, aber ich frage mich, warum dieser Mann ausgerechnet diese Krankheit haben muß? Es ist eine unwahrscheinliche Koinzidenz.«

»Ich sehe es nicht so«, erwiderte Grimes. »Seine Schwäche ist die Wurzel seines Genies, in einer Weise.«

»Wieso?«

Grimes antwortete nicht gleich. Sein Blick richtete sich nach innen, und er ließ seine Gedanken zurückwandern in die lange Geschichte seiner Verbindung mit diesem besonderen Patienten.

Er hatte den kleinen Waldo bemitleidet, und er hatte ein irrationales Verantwortungsgefühl für den Zustand des Kindes gehegt. Pathologische Muskelschwäche ist ein Zustand nahezu totaler Lähmung, weil der Patient keine gesunden Glieder hat, die er als Ersatz für ausgefallene trainieren kann. Das Opfer liegt da, alle Glieder, Organe und Funktionen gegenwärtig, aber so hoffnungslos schwach, daß es unfähig ist, irgendeine Tätigkeit auszuüben. Es muß sein Leben in einem Zustand völliger Erschöpfung verbringen, ohne Hoffnung auf Erleichterung oder Hilfe.

Während Waldos Kindheit hatte Grimes ständig gehofft, daß der Junge sterben würde, dem das Schicksal nichts als tragische Nutzlosigkeit bieten konnte. Zugleich aber hatte er als Arzt alles getan, um das Kind am Leben zu erhalten und vielleicht zu heilen.

Natürlich konnte Waldo nicht die Schule besuchen; seine Eltern, die glücklicherweise sehr reich waren, engagierten Privatlehrer. Der Junge konnte an keinem normalen Kinderspiel teilnehmen; Grimes erfand Spiele für ihn, die nicht nur seine Phantasie stimulierten, sondern ihn auch ermutigten, seine kraftlosen Arme und Beine in dem geringen Ausmaß seiner Möglichkeiten zu gebrauchen. Der kleine Waldo ergriff begierig das wenige, das das Leben ihm bot, lernte eifrig, versuchte mit großer Willenskraft, seine undisziplinierten Muskeln in seinen Dienst zu zwingen.

Mit erstaunlicher Klugheit erdachte er Mittel zur Umgehung seiner Muskelschwäche. Mit sechs Jahren entwickelte er eine Vorrichtung, die ein Buch für ihn hielt, die Beleuchtung für das Buch kontrollierte und die Seiten umwendete. Sie ließ sich in jedem gewünschten Winkel placieren und wurde durch einfachen Knopfdruck gesteuert. Natürlich konnte Waldo sie nicht selbst bauen, aber er konnte sie bis ins Detail ersinnen und erklären. Und die Farthingwaite-Jones' konnten sich die Dienste eines Entwicklungsingenieurs leisten, der den Entwurf des Jungen baute.

Grimes war geneigt, dieses Ereignis, bei dem das Kind

Waldo eine intellektuell dominierende Rolle gegenüber einem ausgebildeten erwachsenen Menschen gespielt hatte, der weder mit ihm verwandt noch ein Diener war, als einen entscheidenden Punkt in dem psychologischen Prozeß anzusehen, in dessen Verlauf Waldo allmählich dahin gekommen war, die ganze menschliche Rasse als ihm untergeordnete Diener und Handlanger anzusehen, zumindest in einem potentiellen Sinne.

»Was ist mit dir, Doc?«

»Wie? Entschuldige, ich habe geträumt. Sieh mal, mein Junge, du mußt nicht zu hart über Waldo urteilen. Ich mag ihn selber nicht sehr. Aber du mußt ihn als ein Ganzes sehen, als eine Persönlichkeit mit mehreren Seiten.«

»Das kannst du ja machen.«

»Sei still. Du sagtest, ihr braucht sein Genie. Er wäre kein Genie, wenn er ohne sein Leiden zur Welt gekommen wäre. Du hast seine Eltern nicht gekannt. Sie waren reiche Leute, intelligent und von einiger Lebensart, weil sie sich Lebensart leisten konnten — aber nichts Aufsehenerregendes. Waldos Potential war nicht größer als ihres, aber er mußte mehr damit tun, um etwas zu erreichen. Er mußte alles auf die harte Weise tun, mußte es seiner Schwäche abringen. Das konnte er nur, wenn er seinen Verstand bildete. Er mußte klug sein.«

»Gewiß. Das ist richtig, aber warum ist er so giftig? Die meisten großen Männer sind es nicht.«

»Denk nach. Um in seinem Zustand etwas auszurichten, mußte er einen Willen entwickeln, einen unbeugsamen, einseitigen Willen, der für keine anderen Überlegungen Raum ließ. Was kannst du da von ihm erwarten, außer einem penetranten Egoismus?«

»Ich würde — aber lassen wir das. Wir brauchen ihn, und das ist das.«

»Warum?«

Stevens erklärte.

Es gibt überzeugende Gründe für die These, daß das Erscheinungsbild einer Kultur — ihre Moral, ihre Bewertungen, ihre Familienorganisation, ihre Lebensgewohnheiten, ihre Institutionen, Regierungsformen und so weiter — von ihrer ökonomischen Basis bestimmt wird. Im industriellen Zeitalter macht sich zudem eine immer deutlichere Eigengesetzlichkeit der technologischen Entwicklung bemerkbar, die ihrerseits auf die ökonomische Basis und mit ihr auf den gesamten zivilisatorischen Überbau zurückwirkt. Vieles von dem, was die Technologie der zweiten Hälfte des zwanzigsten Jahrhunderts charakterisierte, erwuchs aus den Rüstungsanstrengungen der Kriegführenden des Zweiten Weltkriegs. Bis dahin waren Rundfunk und Richtstrahler bis auf seltene Ausnahmen der Verbreitung von Radiosendungen vorbehalten. Selbst der Telefonverkehr wurde fast ausschließlich über Drahtverbindungen zwischen dem einen und dem anderen Apparat abgewickelt. Wenn ein Mann in San Francisco mit seinem Geschäftspartner in Boston sprechen wollte, geschah das über einen Kupferdraht, der sich über den Kontinent von einem zum anderen erstreckte.

Drahtlos ausgestrahlte Energie war damals ein Phantasietraum für Bildergeschichten und Sonntagsbeilagen.

Eine Reihe von Neuentwicklungen war notwendig, bevor das Netz aus Kupferdrähten, das den Kontinent kreuz und quer überzog, abmontiert werden konnte. Energie ließ sich nicht rationell ausstrahlen; man mußte auf den koaxialen Strahl warten. Die Radiotelefonie konnte sich nicht durchsetzen, bis die Mikrowellentechnik neue Sendebereiche erschloß. Die Lösung dieses Problems führte zum Strahlungsenergie-Empfänger, der wie ein Stromzähler installiert und abgelesen werden konnte. Der Weg für die drahtlose Energieübertragung war frei, nur mit der Wirtschaftlichkeit haperte es: eine wirklich billige, reichlich sprudelnde Energiequelle war vonnöten. Weil die Energieausstrahlung notwendigerweise verschwenderisch ist, war es nötig, riesige Mengen billigster Energie zu erzeugen.

Um dieses Ziel zu erreichen, bedurfte es größerer, wirtschaftlicher arbeitender Atomkraftwerke von ungeheurer Leistung. Mit ihnen wurde die Strahlungsenergie wirtschaftlich interessant und damit unausweichlich. Der Wasserstoff-Helium-Zyklus, der die Energiequelle der Sonne ist, erlaubte die theoretisch unbegrenzte Produktion billigster Energie.

Natürlich brauchte Stevens seinem Freund diese Entstehungsgeschichte nicht zu erklären; Grimes hatte den ganzen, äußerst dynamisch ablaufenden Prozeß von Anfang an miterlebt. Er hatte gesehen, wie die großen Überlandleitungen demontiert und die Telefonleitungen von den Masten gerissen worden waren.

Zu der Zeit hatte er sich noch nicht mit dem neuen Architekturstil abgefunden; er liebte Licht und Sonne und ein Haus über der Erde, wo er es sehen konnte. Als er schließlich dem Trend folgte und seinen Keller ausbauen ließ, tat er es nicht so sehr aus Raumgründen oder weil er die klimatisierten unterirdischen Höhlen liebte, die jetzt wegen der zunehmend unerschwinglichen Bodenpreise modern wurden, sondern weil er bereits ein wenig besorgt über den menschlichen Körper war. Die verstärkten Betonwände seines neuen Untergeschosses waren außen mit Bleiplatten armiert; die Decke wurde verstärkt und mit mehreren Schichten Bleipappe versehen. Sein unterirdisches Refugium war so strahlungssicher, wie er es machen konnte.

»Der Kern der Sache ist«, sagte Stevens, «daß die Energiezufuhr für die Lufttransporter irgendwelchen Störungen unterliegt, deren Ursache wir nicht feststellen konnten. Dieses plötzliche Ausbleiben der Strahlungsenergie scheint einstweilen mehr sporadisch zu sein. Es genügt noch nicht, um den gesamten Verkehr lahmzulegen, aber auch so bleibt es beunruhigend genug. Es hat schon einige schlimme Abstürze gegeben; lange können wir das nicht mehr vertuschen. Ich muß etwas unternehmen.«

»Warum?«

»Warum? Sei nicht albern. Erstens hängt meine Existenz als Verkehrsingenieur bei der North American Power-Air davon ab. Zweitens ist das Problem an sich besorgniserregend. Ein richtig konstruierter Mechanismus sollte funktionieren — immer, jedesmal. Diese tun es nicht, und wir haben keine Ahnung, warum nicht. Unsere Mathematiker und Physiker sind ratlos.«

Grimes zuckte mit der Schulter. Stevens fand sich von der Geste beleidigt. «Ich glaube nicht, daß du die Bedeutung dieses Problems richtig siehst, Doc. Hast du eine Vorstellung von den Energiemengen, die für den Lufttransport benötigt werden? North American Power-Air liefert beinahe die Hälfte aller in diesem Land verbrauchten Energie. Wir müssen zuverlässig sein. Bei der Energieversorgung der Städte gibt es keine Schwierigkeiten — bisher. Aber wir wagen gar nicht daran zu denken, was ein Zusammenbruch dieser Versorgung bedeuten würde.«

»Ich gebe dir eine Lösung.«

»Ja? Nun, dann 'raus damit.«

»Laß die Finger davon. Kehrt zurück zu benzin- und dampfbetriebenen Fahrzeugen. Versorgt die Städte mit elektrischer Energie, wie ihr es früher getan habt. Entledigt euch dieser verdammten Strahlungsenergie.«

»Völlig unmöglich. Du weißt nicht, wovon du redest. Die Umstellung auf das gegenwärtige System dauerte fünfzehn Jahre. Jetzt ist alles darauf eingestimmt. Gus, wenn wir den Laden zumachten, würden die Leute in den Großstädten und Ballungsgebieten verhungern, weil nichts mehr herangeschafft werden könnte.«

»Nun, dazu kann ich nur sagen, daß es besser sein könnte als die schleichende Strahlungsvergiftung, wie wir sie jetzt haben.«

Stevens winkte ungeduldig ab. »Hör zu, Doc, ich gönne dir deinen Vogel, wenn du schon einen haben mußt, aber verlange nicht von mir, daß ich mich nach ihm richte. Niemand sonst sieht irgendeine Gefahr in Energiestrahlung.«

»Das kommt, weil sie am falschen Ort suchen. Weißt du, welches der Hochsprungrekord im letzten Jahr war?«

»Ich höre mir nie die Sportnachrichten an.«

»Du solltest es ruhig mal probieren. Der Rekord pendelte sich bei ungefähr zwei Meter dreißig ein. Das war vor etwa fünfzehn Jahren. Seitdem ist er stetig abgesunken. Du könntest eine vergleichende Tabelle der Leichtathletikleistungen mit der künstlichen Strahlung in der Luft anlegen. Da würdest du auf Resultate stoßen, die dich in Erstaunen setzen.«

»Ach was, jeder weiß, daß das Interesse am Hochleistungssport nachgelassen hat. Die Begeisterung für diese Schweiß-und-Muskel-Athleten ist ausgestorben, das ist alles. Wir sind auf dem Weg des Fortschritts in eine mehr intellektuelle Kultur.«

»Intellektuelle Kultur, daß ich nicht lache! Die Leute haben aufgehört, Tennis und Fußball zu spielen, weil sie die ganze Zeit müde sind. Sieh dich an. Du bist ein Wrack.«

»Laß mich aus dem Spiel, Doc.«

»Meinetwegen. Jedenfalls ist eine klare Verschlechterung der menschlichen Leistungsfähigkeit festzustellen. Wenn wir brauchbare Statistiken über solche Dinge hätten, könnte ich es beweisen, aber jeder Arzt, der seinen Beruf nicht verfehlt und die Augen offen hat, sieht es auch so. Ich kann nicht beweisen, was diesen Leistungsabfall verursacht, aber ich habe eine verdammt sichere Vermutung, daß es das Zeug ist, mit dem ihr hausieren geht.«

»Ausgeschlossen. Keine Strahlung geht hinaus, die nicht sehr sorgfältig in den biologischen Laboratorien untersucht worden ist. Wir sind weder dumm noch leichtsinnig.«

»Vielleicht untersucht ihr sie nicht lange genug. Ich rede nicht von ein paar Tagen oder ein paar Wochen; ich spreche von den kumulativen Wirkungen jahrelanger Strahlung auf Gewebe und Organismus. Wie sind die?«

»Wieso, es gibt keine — glaube ich.«

»Du glaubst es, aber du weißt es nicht. Niemand hat sich je die Mühe gemacht, es festzustellen. Zum Beispiel — welchen

Effekt hat Sonnenlicht auf Silikatglas? Normalerweise würdest du sagen, keinen, aber hast du schon mal Wüstenglas gesehen?«

»Dieses bläuliche Zeug? Natürlich.«

»Ja. Wenn eine Flasche ein paar Monate in der Wüste herumliegt, wird sie farbig. Aber hast du schon mal die Fensterscheiben von alten Häusern gesehen?«

»Weiß nicht. Wie meinst du das?«

»Ich will es dir sagen. Es ist das gleiche Phänomen, bloß dauert es in einer Stadt wie Boston ein Jahrhundert oder länger. Könntest du die Veränderung in diesen Fenstern messen?«

»Hmm-m — wahrscheinlich nicht.«

»Aber sie findet trotzdem statt. Hat jemals einer die Veränderungen zu messen versucht, die von dreißig Jahren Ultrakurzwellenbestrahlung im menschlichen Körpergewebe hervorgerufen werden?«

»Nein, aber . . .«

»Kein Aber. Ich sehe einen Effekt. Ich habe eine Vermutung in bezug auf Ursache und Zusammenhang. Vielleicht täusche ich mich in diesem Fall. Aber ich fühle mich viel munterer, seit ich angefangen habe, meinen bleigefütterten Überzieher zu tragen, wann immer ich ausgehe.«

Stevens kapitulierte. »Vielleicht hast du recht, Doc. Ich will nicht so tun, als ob ich es besser wüßte. Aber was ist mit Waldo? Willst du mich zu ihm bringen und mir helfen, mit ihm zurechtzukommen?«

»Wann willst du zu ihm?«

»Je eher desto besser.«

»Jetzt gleich?«

»Von mir aus gern.«

Sie gingen hinter das Haus, wo ihre Wagen parkten. Grimes steuerte auf seinen zu, eine große, altmodische Maschine aus der Boeing-Familie. Stevens hielt ihn zurück. «Du willst doch nicht mit dem losfliegen? Das würde uns den Rest des Tages kosten.«

»Warum nicht? Das Ding hat einen Hilfsantrieb für den Raumflug, und es ist dicht. Du könntest damit von hier zum Mond fliegen und zurück.«

»Ja, aber es ist so furchtbar langsam. Wir nehmen meinen Besenstiel.«

Grimes ließ seinen mißtrauischen Blick über Stevens' projektilförmigen kleinen Flitzer gehen. Sein Rumpf war so unsichtbar, wie die Kunststoffindustrie ihn machen konnte. Eine Oberflächenschicht von zwei Molekülen Stärke verlieh dem Material einen Brechungsindex, der demjenigen der Luft nahekam. Wenn die Maschine sauber war, konnte man sie nicht leicht sehen. Im Moment war sie von Staub und Regen verschmutzt und sah einem aufgeblasenen Schweinedarm ähnlich.

Entlang der Mittelachse und deutlich durch die Außenwand sichtbar, verlief der einzige metallene Bestandteil des Vehikels — der Achsenkern mit dem Triebwerksgehäuse und dem ausfächernden Bündel der Energieempfänger am Heck. Das Aggregat wies genug Gemeinsamkeiten mit einem riesigen Hexenbesen auf, um den Spitznamen zu rechtfertigen. Dieser war um so passender, als die beiden transparenten Glasfibersitze hintereinander auf dem Achsenkern angeordnet waren, so daß Pilot und Passagier buchstäblich rittlings auf ihm hockten.

»Mein Junge«, sagte Grimes. »Ich weiß, daß ich nicht hübsch und anmutig bin. Nichtsdestoweniger habe ich einen Rückstand von Selbstachtung und Stolz bewahrt. Ich werde dieses Ding nicht zwischen die Beine klemmen und wie ein dicker alter Hexenmeister durch die Luft sausen.«

»Du bist altmodisch!«

»Das kann sein. Aber ich werde gewisse Besonderheiten, an denen ich bis zu diesem Alter festgehalten habe, nicht aufgeben. Nein.«

»Ich werde den Rumpf polarisieren, bevor wir aufsteigen. Wie wäre es damit?«

»Wird er dadurch undurchsichtig?«

»Völlig undurchsichtig.«

Grimes warf einen bekümmerten Blick zu seiner eigenen ungefügen Maschine und ergab sich in sein Schicksal. Stevens öffnete den Einstieg; sie krochen hinein und setzten sich auf die Mittelachse.

»Jetzt paß auf, Doc«, erklärte Stevens. »In eineinhalb oder zwei Stunden werde ich dich hinaufbringen. Deine Badewanne macht wahrscheinlich nicht mehr als zweitausend pro Stunde, und der Rollstuhl muß etwa achttausend Kilometer draußen sein.«

»Ich habe es nie eilig«, erwiderte Grimes. »Und nenne Waldos Haus nicht ›Rollstuhl‹ — wenigstens nicht vor ihm.«

Stevens versprach es. Er hantierte an den Armaturen, und plötzlich wurde die Hülle schwarz und verbarg sie vor neugierigen Blicken. Die Maschine erzitterte, schoß davon.

Waldo F. Jones schwebte im Zentrum eines kugelförmigen Raumes. Sein Haus lag in einer Umlaufbahn mit einer Periode von vierundzwanzig Stunden. Es drehte sich nicht um seine Achse; die künstliche Gravitation der Zentrifugalkraft war das letzte, was er wollte. Er hatte die Erde verlassen, um der Schwere zu entgehen. In den siebzehn Jahren, seit sein Haus-Satellit gebaut und in die Umlaufbahn gebracht worden war, hatte er die Erdoberfläche nicht mehr betreten; und er hatte nicht die Absicht, es jemals zu tun.

Hier, schwerelos in seinem eigenen klimatisierten Gehäuse schwebend, war er von der lebenslangen Behinderung durch seine unfähigen Muskeln praktisch frei. Die geringe Kraft, die ihm zu Gebote stand, konnte hier draußen ökonomisch eingesetzt werden.

Waldo sah sich nicht als einen kranken, krüppelhaften Menschen, sondern als etwas Höheres, als ein höherentwikkeltes und überlegenes Wesen, das der rohen, brutalen Kraft der nackten Affen nicht bedurfte. Haarige Affen, nackte Affen, dann Waldo — so lautete für ihn die Progression. Er glaubte daran und fühlte sich den gewöhnlichen Menschen mindestens um das Zehnfache überlegen.

Trotz scheinbarer Weltabgeschiedenheit hatte er viel zu tun. Abgesehen von der Verwaltung seines umfangreichen ererbten Besitzes arbeitete er als beratender Ingenieur mit der Spezialiät Bewegungsanalyse. Die Berufsausübung wurde ihm durch eine Menge kommunikationstechnischer Hilfsmittel erleichtert. Vor ihm waren zwei Stereo-Farbfernsehempfänger, deren Mattscheiben von feinen Koordinatenlinien gekreuzt wurden. Der linke Empfänger zeigte die Gesichter und Oberkörper zweier Männer, die ihn aufmerksam beobachteten. Der rechte Empfänger zeigte einen Blick in eine Werkhalle. Im Vordergrund stand eine mächtige Schleifmaschine, in die ein kompliziertes Gußstück eingespannt war. Daneben stand ein Arbeiter mit einem Ausdruck kontrollierter Erbitterung im Gesicht.

»Er ist der beste Mann, den Sie haben«, klärte Waldo die beiden Männer im linken Bildschirm auf. »Natürlich fehlt ihm noch das Fingerspitzengefühl für Präzisionsarbeit, aber er ist den anderen Idioten, die Sie Facharbeiter nennen, überlegen.«

Der Arbeiter blickte umher, als versuche er die Stimme zu lokalisieren. Es war offensichtlich, daß er Waldo hören konnte, daß ihm aber kein Fernseher zugestanden worden war. »Soll das ein Witz sein?« fragte er ärgerlich.

»Sie mißverstehen mich, guter Mann«, sagte Waldo liebenswürdig. »Ich machte Ihnen ein Kompliment. Ich habe tatsächlich Hoffnung, Ihnen die Grundbegriffe von Präzisionsarbeit beibringen zu können. Wenn das gelungen ist, erwarten wir von Ihnen, daß Sie Ihren weniger begabten Kollegen Unterricht erteilen werden. Die Handschuhe bitte.«

In der Nähe des Mannes, an einem Arbeitsstand befestigt, waren zwei mechanische Hände mit Fingern, die den menschlichen nachgebildet waren — eine von Waldos Erfindungen. Sie waren gleichgeschaltet mit zwei weiteren, die Waldo vor sich hatte. Ein dritter Satz, der ebenfalls von Waldos Paar gesteuert wurde, war in Arbeitshöhe an die Schleifmaschine montiert.

Der Arbeiter warf einen Blick zu den mechanischen Händen am Arbeitsstand, machte aber keine Anstalten, seine Hände in die unterarmlangen Dinger zu stecken. »Ich nehme keine Anweisungen von jemand an, den ich nicht sehen kann«, sagte er entschlossen. Dabei blickte er seitwärts aus der Szene.

»Hören Sie, Jenkins . . .«, begann einer der Männer auf dem linken Bildschirm.

Waldo seufzte. »Ich habe weder Zeit noch Lust, Ihre Probleme der Arbeitsdisziplin für Sie zu lösen. Meine Herren, bitte drehen Sie Ihr Empfangsgerät so, daß unser mißgestimmter Freund mich sehen kann.«

Die Männer befolgten seinen Vorschlag; der Arbeiter war jetzt auch im Hintergrund des linken Bildschirms zu sehen. »So — ist das besser?« fragte Waldo freundlich. Der Arbeiter grunzte.

»Nun . . . wie war noch Ihr Name bitte?«

»Alexander Jenkins.«

»Sehr schön, Freund Alec. Also, die Handschuhe.«

Jenkins steckte seine Hände und Unterarme in die mechanischen Handschuhe und wartete. Waldo steckte seine Hände in das Primärpaar vor ihm; alle drei Paare einschließlich des Sekundärpaars an der Maschine erwachten zum Leben. Jenkins biß sich nervös auf die Lippen, als er voll Unbehagen fühlte, wie seine Finger von den Handschuhen manipuliert wurden.

Waldo krümmte und streckte seine Finger langsam zwei- oder dreimal. Die Duplikate im Bildschirm bewegten sich in gleichzeitiger Parallele. »Fühlen Sie, mein lieber Alec«, sagte Waldo mit sanfter Stimme. »Sicherheit und Behutsamkeit, das ist alles. Lassen Sie Ihre Muskeln für sich arbeiten.« In genau festgelegter Reihenfolge vollführte er eine Reihe von Handbewegungen. Die ferngesteuerten Hände an der Schleifmaschine langten hinauf, schalteten die Maschine ein und begannen mit sanften, anmutigen Bewegungen die Bearbeitung des Gußstückes zu steuern. Eine Hand wanderte zu einer Meßskala und stellte ein Handrad ein, während die andere den Zustrom der Kühlflüssigkeit verstärkte.

»Rhythmus, Alec, Rhythmus. Keine ruckartigen und keine unnötigen Bewegungen. Lassen Sie sich die Hände von mir führen und versuchen Sie in Gleichklang mit mir zu kommen.«

Die Bearbeitung des Gußstücks ging rasch voran. Ein Hebeldruck der mechanischen Hände, die Halteklammern lösten sich und das Werkstück landete auf dem Transportband. Ein neues kam, wurde von den Klammern hochgenommen. Waldo arbeitete geschickt und ohne Eile weiter, aber jeder Handgriff saß, keiner war überflüssig; er konnte es selber auf dem Bildschirm verfolgen. Weitere Gußstücke kamen in die Maschine. Obwohl Jenkins nicht selbst arbeiten mußte, ermüdete er unter der Anspannung, Waldos Bewegungen im rechten Augenblick zu antizipieren und mitzumachen. Schweißperlen rollten von seiner Stirn, tropften von Nase und Kinn. Als wieder ein Werkstück fertig war, zog er seine Arme aus den Handschuhen und trat zurück. »Das ist genug.«

»Noch ein Stück, mein lieber Alec. Sie werden mit jedemmal besser.«

Nachdem auch dieses Stück bearbeitet war, sagte Waldo: »Für die nächsten zwanzig Stücke tragen Sie die Kontrollampen an Handgelenken und Ellbogen. Ich werde die Bewegungsfolgen hier am Synchronanalysator beobachten und erwarte, daß sie zur vollen Deckung kommen. Nach der Mittagspause gebe ich das Zeichen.«

Waldo schaltete den Bildschirm ohne weitere Worte ab und wandte sich den beiden Männern auf dem anderen Bildschirm zu. »Der Fortschritt ist zufriedenstellend, meine Herren. Mit der Zeit werden wir dieses Tollhaus in eine moderne und rationell arbeitende Fabrik verwandeln.« Er schaltete aus, etwas hastig, weil die Warnlampe seiner Radarüberwachung zu blinken begonnen hatte. Ein Fahrzeug näherte sich seinem Haus. Das war an sich nichts Ungewöhnliches; ständig versuchten Touristen in die Nähe seines Hauses zu gelangen und wurden von den automatischen Abwehrimpulsen abgelenkt. Aber dieses Fahrzeug hatte das richtige Annäherungssignal gegeben und ging nun ohne Umschweife zum Andockmanöver über. Es trug eine Zulassungsnummer aus Florida. Wen kannte er in Florida?

Sofort war ihm klar, daß er dort niemanden kannte, der im Besitz seines Annäherungssignals war — die Liste jener Bevorzugten war sehr kurz. Er schaltete vorsichtshalber den Stromkreis ein, über den er die inneren Verteidigungseinrichtungen seines Hauses steuern konnte.

Ein jüngerer Mann krabbelte aus der Luke in die Luftschleuse. Waldo musterte ihn. Ein fremdes Gesicht. Ein schwacher Fingerdruck, und es würde aufhören, ein Gesicht zu sein, aber Waldos Aktionen blieben unter der Kontrolle seines kalten Verstandes. Der Mann drehte sich um und half einem zweiten heraus. Onkel Gus! Aber warum hatte der alte Dummkopf einen Fremden mitgebracht? Er wußte recht gut, daß Waldo keine Fremden zu sehen wünschte!

Doch nach kurzem Zögern öffnete er die innere Tür der Schleusenkammer und ließ sie in den Empfangsraum.

Grimes verhielt knapp innerhalb der Tür und ließ Stevens nachkommen, der seine Fortbewegung zu kraftvoll betrieb und nun in der Schwerelosigkeit quer durch den Empfangsraum schoß und gegen eine Trennwand prallte. Grimes wandte sich an eine lebensgroße Attrappe, die neben dem Durchgang zum Hausinneren wartete. »Hallo, Waldo.«

Die Attrappe bewegte den Kopf und die Augen ein wenig in seine Richtung.

»Sei gegrüßt, Onkel Gus. Ich wünschte, du würdest vor einem Besuch daran denken, mich anzurufen. Dann hätte ich jetzt dein Lieblingsessen für dich bereit.«

»Das ist nicht so wichtig. Wir werden wahrscheinlich nicht lange bleiben. Waldo, dies ist mein Freund Jim Stevens.«

Die Attrappe wandte sich Stevens zu. »Guten Tag, Mr. Stevens«, sagte die Stimme in förmlichem Ton.

»Guten Tag, Mr. Jones«, antwortete Stevens und beäugte neugierig die Attrappe. Sie war erstaunlich lebensecht; im ersten Moment hatte er sie sogar für den echten Waldo gehalten, aber nun fiel ihm ein, daß er von dieser Puppe gehört hatte. Außer auf Bildschirmen hatten nur wenige Leute Waldo von Angesicht zu Angesicht gesehen. Viele, die in Geschäften hierher gekommen waren, hatten nur eine Stimme gehört und diese Nachahmung gesehen.

»Aber du mußt zum Abendessen dableiben, Onkel Gus«, fuhr Waldo fort. »Du kannst mich nicht so enttäuschen; dafür kommst du zu selten. Ich kann etwas zurechtmachen.«

»Vielleicht bleiben wir«, sagte Grimes. »Wegen des Menüs brauchst du dir den Kopf nicht zu zerbrechen. Du kennst mich.«

Stevens beglückwünschte sich zu seiner Idee, Doc Grimes als Mittelsmann einzuschalten. Sie waren noch keine fünf Minuten da, und schon bestand Waldo darauf, daß sie zum Abendessen blieben.

Ein gutes Omen!

Er hatte nicht bemerkt, daß Waldo die Einladung allein an Grimes gerichtet hatte, und daß es Grimes gewesen war, der sie für beide angenommen hatte.

»Wo bist du, Waldo?« fragte Grimes. »Im Labor?« Er machte eine andeutungsweise Bewegung zum Verlassen des Empfangsraumes.

»Ach, bemühe dich nicht«, sagte Waldo hastig. »Ich bin überzeugt, daß du dich wohler fühlen wirst, wo du bist. Ich werde den Raum gleich in Drehung versetzen, so daß du bequem Platz nehmen kannst.«

»Was ist los mit dir, Waldo?« fragte Grimes gereizt. »Du weißt, daß Schwerelosigkeit mir nichts ausmacht. Außerdem liegt mir nichts an der Gesellschaft deiner sprechenden Puppe. Ich möchte dich sehen.«

Stevens war ein wenig verwundert über Grimes; er hätte

Waldos Angebot gern angenommen. Schwerelosigkeit machte ihn nervös.

Waldo blieb eine Weile still, um schließlich in frostigem Ton zu sagen: »Was du verlangst, ist unmöglich, Onkel Gus. Du mußt dir dessen selber bewußt sein.«

Grimes antwortete ihm nicht. Statt dessen nahm er Stevens' Arm.

»Komm mit, Jim. Wir gehen.«

»Aber Doc! Was ist los?«

»Es hat keinen Zweck. Waldo will taktische Spielchen machen.«

»Aber . . .«

»Gib dir keine Mühe, Jim. Komm mit. Waldo, laß uns bitte hinaus.«

»Onkel Gus.«

»Ja?«

»Verbürgst du dich für deinen Gast?«

»Natürlich, sonst hätte ich ihn nicht gebracht.«

»Du findest mich in meiner Werkstatt. Der Weg ist offen.«

Grimes stieß sich von einem Pfeiler ab und segelte sanft zum inneren Eingang, wo er ein Geländer zu fassen bekam, an dem er sich weiterbewegen konnte. Stevens folgte ihm. So zogen sie sich Hand über Hand zu Waldos Werkstatt. Das Satellitenhaus war ohne Rücksicht auf Begriffe wie oben und unten konstruiert. Möbelstücke und Geräte waren an den Trennwänden befestigt; es gab keinen durchgehenden »Fußboden«. Decks und Plattformen waren in jedem günstig erscheinenden Winkel zueinander angeordnet und von den verschiedensten Größen und Formen, weil sie mit Stehen oder Gehen nichts zu tun hatten. Die gesamte Einrichtung war ausschließlich nach zweckmäßigen Gesichtspunkten entworfen und angeordnet. Weil mit der Schwerkraft die Notwendigkeit zu stabiler und widerstandsfähiger Bauweise entfiel, hatten viele Dinge in Waldos Haus eine geradezu feenhafte Zartheit. Lebensmittelvorräte in Konserven und anderen Packungen, die auf der Erde Tonnen wiegen mußten, konnten hier in unterteilten Regalen und Fächern aus eierschalendünnem, transparentem Plastikmaterial bequem und übersichtlich gelagert werden. Kompakte Maschinenanlagen, die auf Erden massiver Stützen und Betondecken bedurft hätten, waren auf Arbeitsplattformen aus dünnem Aluminium oder Glasfibermaterial geschraubt.

Überall gab es Paare künstlicher Hände, große, kleine, je nach Art der Arbeit, die sie auszuführen hatten, und alle waren an Waldos Fernsehübertragungssystem angeschlossen. Es war offensichtlich, daß Waldo in den verschiedenen Räumen arbeiten konnte, ohne seinen Lehnstuhl zu verlassen — wenn er einen Lehnstuhl verwendete. Diese allgegenwärtigen mechanischen Gliedmaßen, die nahezu substanzlosen Einrichtungsgegenstände und die selbstverständliche Nutzung aller Wände als Arbeits- oder Lagerflächen verliehen dem Ort eine bizarre Atmosphäre.

Bisher waren die Räume, durch die sie kamen, keine Wohnquartiere. Stevens fragte sich, wie Waldos Privaträume aussehen mochten und versuchte sich auszumalen, welche Ausstattung angemessen wäre. Keine Stühle, keine Teppiche, kein Bett. Bilder, vielleicht, und wahrscheinlich eine ziemlich raffinierte indirekte Beleuchtung. Aber wie würde ein den Bedingungen der Schwerelosigkeit angepaßtes Badezimmer aussehen? Er konnte es sich nicht vorstellen.

»Hier durch, Jim«, sagte Grimes. Er hielt sich mit einer Hand fest und zeigte mit der anderen auf ein kreisrundes Einstiegsloch. Stevens kroch durch. Bevor er sich aufrichten und umherblicken konnte, erschreckte ihn ein drohendes Knurren. Aufblickend sah er einen großen Bullenbeißer zähnefletschend durch die Luft auf sich zusausen. Das Tier hatte die Vorderbeine steif ausgestreckt und die Hinterläufe angezogen. Seine Stimme und sein Benehmen machten klar, daß der riesige Hund die Absicht hatte, den Eindringling in Stücke zu reißen.

»Baldur!« Eine Stimme aus dem Hintergrund schnitt durch die Luft. Stevens sah, daß der Hund gern haltgemacht hätte, aber nicht konnte. Die breiten Pfoten prallten gegen Stevens' Brust und warfen ihn gegen die Trennwand. »Es tut mir leid«, sagte die Stimme, als Stevens mühsam das prekäre Gleichgewicht wiedergefunden hatte. »Mein Freund hatte Sie nicht erwartet.«

Grimes stieg durch die Öffnung und bekam eine winselnde und schwanzwedelnde Begrüßung. Er streichelte Baldurs massigen Kopf. Stevens sah endlich, von wo die Stimme kam.

Der Raum war groß und kugelförmig; in seiner Mitte schwebte ein fetter Mann — Waldo. Er trug Hemd und Hose und war barfuß, und wie er so in der Luft schwebte, fett und rosig und mit einem Doppelkinn, gemahnte er an einen barocken Posaunen-Engel. Er blickte Stevens an und sagte in einer hohen, müde klingenden Stimme: »Erlauben Sie mir, daß ich Ihnen meinen Hausgenossen vorstelle. Gib die Pfote, Baldur.«

Der Hund hob ihm eine Vorderpfote entgegen; Stevens ergriff und schüttelte sie feierlich. »Lassen Sie sich beriechen, bitte.«

Der Hund tat es und leckte Stevens' Handgelenk, während dieser pflichtschuldig Redensarten wie »Guter Junge« und »So ein braver Hund« murmelte und Waldo gelangweilt zusah.

»Platz, Baldur!« kommandierte Waldo, als das Zeremoniell beendet war. Der Hund drehte mitten in der Luft um, stemmte eine Hinterpfote gegen Stevens' Hüfte und stieß sich in Richtung auf seinen Herrn ab. Stevens mußte sich an einem Handgriff festhalten. Dann stieß Grimes sich sanft von der Trennwand ab und segelte gemächlich durch den Raum zu einem Strebepfeiler in der Nähe seines Gastgebers. Stevens folgte ihm.

Waldo maß ihn mit leiser Geringschätzung in den Augen. Sein Verhalten war nicht offen unfreundlich, aber für Stevens irgendwie beleidigend. Um eine aufkommende Verärgerung zu unterdrücken, sah Stevens sich im Raum um. Trotz seiner Größe machte er einen unordentlichen, beinahe überfüllten

Eindruck, was an den zahllosen, scheinbar planlos verteilten Geräten, Schalttafeln, Maschinen und werkzeugbeladenen Arbeitsflächen liegen mochte. Ein halbes Dutzend Fernsehempfänger verschiedener Bildgrößen umgab Waldo in einem Halbkreis. Unter ihnen stand ein mehrere Meter langes Schaltpult. Eine ringförmige dünne Stahlschiene mit mehreren Paaren mechanischer Hände verschiedener Größen umschloß die Werkstattfläche. Eine Trennwand war fast ganz mit Büchern bedeckt, doch es gab kein Regal. Der Anblick verwirrte Stevens einen Moment, aber dann vermutete er richtig, daß kleine, an den Einbänden befestigte Magneten den Trick besorgten.

»Nun, Mr. Stevens, finden Sie mein Haus interessant?«

»Oh, außerordentlich! Ich glaube, dies ist der bemerkenswerteste Ort, den ich je gesehen habe.«

»Und was finden Sie daran so bemerkenswert?«

»Nun — das Fehlen jeder festen Orientierung, glaube ich. Das und die nicht weniger bemerkenswerten technischen Neuheiten. Ich komme nicht oft über die Atmosphäre hinaus, und irgendwie erwarte ich immer einen Boden unter den Füßen und eine Decke über dem Kopf.«

»Das sind nur Fragen des funktionellen Entwurfs, Mr. Stevens. Meine Lebensbedingungen sind einzigartig; darum muß auch mein Haus einzigartig sein. Es kommt darauf an, unnötige Teile zu eliminieren und neue Arbeitserleichterungen zu schaffen.«

»Um die Wahrheit zu sagen, das Interessanteste, was ich bisher gesehen habe, ist gar nicht Teil des Hauses.«

»Tatsächlich? Was meinen Sie?«

»Ihren Hund Baldur. Ich habe noch nie von einem Hund gehört, der sich den Bedingungen der Schwerelosigkeit so vollkommen anpassen konnte.«

Waldo lächelte, und zum erstenmal schien sein Ausdruck freundlich und warm zu sein. »Ja, Baldur ist kein schlechter Akrobat. Aber er kam schon als Welpe hierher und brauchte sich nie umzustellen.« Er streckte die Hand aus und kraulte dem Hund die Ohren, wobei er seine extreme Schwäche verriet, denn die Bewegung hatte nichts von der Kraft, die der Größe des Bullenbeißers angemessen gewesen wäre. Die Fingerbewegungen waren schlaff und kaum imstande, das grobe Fell und die großen Hundeohren zu verschieben. Aber Waldo schien es nicht zu bemerken. »Wenn Sie Baldur amüsant finden«, sagte er, »dann sollten Sie erst Ariel sehen.«

»Ariel?«

Statt einer Antwort stieß Waldo einen Pfiff von drei Tönen aus. Von irgendwo »über« ihnen kam ein Geflatter, und ein winziger gelber Körper schoß auf sie zu — ein Kanarienvogel. Er segelte mit angelegten Schwanzfedern und heftig flatternden Schwingen ab, kam zum Stillstand und schwebte, die Flügel wieder angelegt, dicht vor Waldos Gesicht in der Luft. Aber etwas Eigenbewegung war ihm geblieben, denn nun sah Stevens, wie der kleine Vogel langsam am Kopf seines Herrn vorbeitrieb, an seine Schulter kam und sich mit den Krallen am Hemd festhielt.

Waldo streichelte den Rücken des Kanarienvogels mit einer Fingerspitze. Das kleine Wesen plusterte sich behaglich auf und begann sein Gefieder zu putzen. »Kein auf der Erde großgezogener Vogel kann in dieser Art fliegen lernen«, stellte der Mann fest. »Ich weiß es. Ich verlor sieben von diesen kleinen Sängern, bevor mir klar wurde, daß die Umstellung ihre Fähigkeiten übersteigt.«

»Was geschah ihnen?«

»Bei einem Menschen würde man es akute Angstpsychose nennen. Sie versuchen zu fliegen; ihre eigene Geschicklichkeit führt sie ins Unheil. Alles, was sie tun, ist verkehrt, und das verstehen sie nicht. Nach einiger Zeit geben sie es auf; ein wenig später sterben sie. An gebrochenem Herzen, könnte man poetisch sagen.« Er lächelte fast zärtlich. »Aber Ariel ist ein Genie unter den Vögeln. Er kam als Ei hierher; ganz allein erfand er eine neue Schule des Fliegens.« Er hielt dem Vogel einen Finger als neuen Sitz hin, der angenommen wurde.

»Das ist genug, Ariel. Nun flieg nach Haus.«

Der Vogel begann zu trillern. Waldo bewegte seinen Finger sanft hin und her. »Nein, Ariel, geh zu Bett.«

Der Kanarienvogel hob seine Füße vom Finger, schwebte einen Moment, flatterte dann kräftig auf, gewann Tempo und schoß mit angelegten Schwingen in die Richtung davon, aus der er gekommen war.

»Jim hat etwas auf dem Herzen, das er mit dir besprechen möchte«, bemerkte Doc Grimes.

»Freut mich«, antwortete Waldo träge, »aber wollen wir nicht vorher essen? Haben Sie Appetit, Sir?«

Ein satter Waldo, beschloß Stevens, mochte sich umgänglicher zeigen als ein Waldo mit leerem Magen. »Danke, ja.«

»Ausgezeichnet.« Gleich darauf wurde ihnen serviert.

Stevens erfuhr nie, ob Waldo die Mahlzeit mittels seiner zahlreichen mechanischen Greifwerkzeuge zubereitet hatte, oder ob diese Arbeit irgendwo außer Sichtweite von Bedienungspersonal besorgt worden war. Beim derzeitigen Stand moderner Nahrungsbereitung hätte Waldo es allein geschafft. Er nahm sich vor, Doc Grimes bei nächster Gelegenheit zu fragen, ob Waldo Hauspersonal beschäftige, aber später vergaß er es wieder.

Das Essen traf in einem kleinen Kasten ein, der am Ende einer langen teleskopischen Rohre befestigt war. Mit einem leisen Seufzen der Pneumatik hielt der Kasten in ihrer Mitte an und hielt seine Position. Stevens kümmerte sich wenig um die Mahlzeit selbst, denn seine Aufmerksamkeit war von den Tischgeräten und der Technik des Essens im schwerelosen Zustand vollauf in Anspruch genommen. Waldo ließ seinen Teller vor sich schweben, hob ein gebratenes Schweinekotelett etwas darüber und schnitt mit einer gebogenen chirurgischen Schere Bissen herunter, die er mit einer pinzettenartig leichten Zange zum Mund führte. Das Kauen kostete ihn viel Mühe.

»Man kriegt kein zartes Fleisch mehr«, beklagte er sich. »Dieses Kotelett ist wieder zäh. Ich bezahle weiß Gott genug für das Zeug, aber das Interesse fehlt. Die Nachfrage nach

Fleisch nimmt mit der Bevölkerung zu, das Angebot stagniert. Die Preise steigen, die Schlachtereien verdienen wie verrückt und brauchen sich nicht mehr anzustrengen.«

Stevens antwortete nicht. Er fand, daß die Nahrungsmittelchemie bei seinem Steak zuviel des Guten getan hatte; es war so zart gemacht worden, daß es beinahe auseinanderfiel. Er versuchte mit Messer und Gabel zu essen, aber das Messer war überflüssig. Waldo erwartete offenbar nicht, daß seine Gäste sich seine unzweifelhaft überlegene Essensmethode zu eigen machen wollten. Stevens war Grimes Beispiel gefolgt und hockte in der Luft, den Teller zwischen die Schenkel geklemmt. Zum Glück war der Kunststoffteller ringsum mit einem Zackenrand ausgestattet, so daß er bei einer unvorsichtigen Bewegung der Beine nicht gleich davonsausen konnte.

Getränke wurden in flexiblen Plastikflaschen mit Saugern gereicht. Als sie gegessen und getrunken hatten, legten sie die Utensilien in den Kasten zurück und schlossen den Dekkel. Seufzend entfernte die Pneumatik Geschirr und leere Flaschen.

»Möchten Sie rauchen?« fragte Waldo.

»Danke, ganz gern.« Stevens hatte seine Zigarette noch nicht angezündet, als er sah, wie ein Aschenbecher im schwerelosen Raum beschaffen sein mußte: ein langer Schlauch mit einem glockenförmigen Aufnehmer am Ende. Ein leichter Luftsog im Schlauch, und die in die Glocke geklopfte Asche wurde geräuschlos fortgesogen.

»Was den Zweck unseres Besuchs angeht«, fing Grimes wieder an. »Mein Freund Jim hier ist Chefingenieur bei der North American Power-Air.«

»Was?« Waldo richtete sich steif auf. Er atmete schwer. Sein zorniger Blick ignorierte Stevens und durchbohrte Grimes. »Onkel Gus, willst du damit sagen, daß du einen leitenden Mann ausgerechnet dieser Firma in mein Haus gebracht hast?«

»Reg dich nicht auf, Waldo. Ich habe dir immer wieder gesagt, daß du nichts tun sollst, was deinen Blutdruck erhöht!«

Grimes schwamm auf seinen Gastgeber zu und nahm ohne Umschweife sein Handgelenk, um ihm den Puls zu fühlen. »Langsamer atmen. Was soll das? Willst du einen Sauerstoffrausch?«

Waldo versuchte sich loszureißen, aber es blieb eine mitleiderregende Geste; der alte Mann hatte das Zehnfache seiner Kräfte. »Onkel Gus, diesmal gehst du zu weit!«

Die drei Männer verharrten ein paar Minuten in Schweigen, wenigstens zwei von ihnen mit sichtbarem Unbehagen. Grimes schien sich nichts daraus zu machen.

»So«, sagte er endlich, »das ist besser. Nun hör mich an. Jim ist ein netter Junge und hat dir nie etwas getan. Und er hat sich hier anständig benommen. Du hast kein Recht, ihn grob zu behandeln, egal für wen er arbeitet.«

»Langsam, Doc«, protestierte Stevens. »Ich fürchte, ich bin wirklich unter falscher Flagge hier eingedrungen, wenn man so sagen kann. Es tut mir leid, Mr. Jones. Es war nicht meine Absicht, und ich wollte den Grund meines Kommens schon erklären, als wir eintrafen.«

Waldos Miene war schwierig zu deuten. Er war offensichtlich bemüht, die Selbstbeherrschung zu wahren. »Entschuldigen Sie, Mr. Stevens. Es ist wahr, daß ich meine Animosität gegen Ihren Arbeitgeber nicht auf Sie übertragen sollte. Ich wurde betrogen, wissen Sie. Betrogen durch einen faulen, quasi-legalen Trick . . . Sind Sie über die sogenannten Hathaway-Patente unterrichtet?«

»Ja, natürlich.«

»›Sogenannt‹ ist milde ausgedrückt, Mr. Stevens. Der Mann war ein gewöhnlicher Maschinist. Diese Patente sind mein.«

Waldos Version, die er nun zu Gehör brachte, entbehrte nicht der Logik, war aber voreingenommen und überspitzt. Vielleicht hatte Hathaway wirklich – wie Waldo behauptete – nur nach seinen Anweisungen gearbeitet, aber es gab keine Beweise dafür, keinen Vertrag, keine schriftlichen Unterlagen irgendeiner Art. Der Mann hatte bestimmte Patente angemeldet, die einzigen, die er je in seinem Leben eingereicht hatte, und in ihrer Genialität zugegebenermaßen waldohaft. Hathaway war einige Jahre später gestorben, und seine Erben hatten die Patente durch ihre Anwälte an die North American Power-Air verkauft.

Waldo vertrat die Ansicht, daß Hathaway auf Betreiben dieser Firma zu ihm gekommen sei und für ihn gearbeitet habe, um sein geistiges Eigentum zu stehlen. Als die North American Power-Air ihn mit einem für ihn unbefriedigenden Vergleich abspeisen wollte, war Waldo vor Gericht gegangen; weil er aber keine schriftlichen Belege für seine Behauptungen beibringen konnte, war seine Klage abgewiesen worden.

Stevens war kein Jurist und konnte die Rechtslage schlecht beurteilen. Für ihn war wichtig, daß er Waldos Hilfe brauchte; Waldo aber hegte bitteren Groll gegen die Firma, für die Stevens arbeitete.

»Alles das war vor meiner Zeit«, fing er an, »und natürlich weiß ich nur sehr wenig über die Zusammenhänge. Ich bedaure, daß es zu einem ernsten Zerwürfnis kam. Für mich ist es sehr unangenehm, denn ich bin in einer Lage, wo ich Ihre Hilfe sehr nötig brauche.«

Waldo schien der Idee nicht ablehnend gegenüberzustehen. »So? Wie ist es dazu gekommen?«

Stevens erläuterte ihm die Schwierigkeiten mit den Triebwerken, und Waldo hörte aufmerksam zu. Als Stevens geendet hatte, sagte er: »Ja, das ist so ziemlich dasselbe, was Ihr Mr. Gleason mir erzählt hat. Als Ingenieur haben Sie natürlich ein zusammenhängenderes Bild geben können als dieser Geldmanipulator. Aber warum kommen Sie zu mir? Ich bin kein Spezialist für Strahlungsenergie, auch habe ich keine akademischen Grade von irgendwelchen berühmten Hochschulen.«

»Ich komme zu Ihnen«, sagte Stevens ernsthaft, »wie alle anderen zu Ihnen kommen, wenn sie mit einem technischen Problem nicht fertigwerden. Soviel ich weiß, haben Sie bisher noch jedes Problem gelöst, das Ihnen einer Lösung wert erschien. Ich hoffte, daß dieses Problem schwierig genug sein würde, um Ihr Interesse zu finden.«

»Es ist interessant«, sagte Waldo. »Ein bißchen außerhalb meines Fachs, aber interessant. Ich muß jedoch sagen, daß es mich überrascht, von Ihnen, einem Vertreter der North American Power-Air, eine solche Würdigung meiner Talente zu hören. Man sollte meinen, daß, wenn diese Meinung aufrichtig wäre, es keine Schwierigkeiten gemacht hätte, Ihre Firma in der Frage der sogenannten Hathaway-Patente von meiner unbestreitbaren Urheberschaft zu überzeugen.«

Wirklich, dachte Stevens, der Mann ist unmöglich. Laut sagte er: »Ich glaube, die Angelegenheit wurde seinerzeit von der Geschäftsleitung und der Rechtsabteilung behandelt. Diese Leute sind natürlich kaum imstande, zwischen technischen Alltagslösungen und wirklich schöpferischen Entwicklungen zu unterscheiden.«

Die Antwort schien Waldo zu besänftigen. Er fragte: »Was sagt Ihr eigener Forschungsstab über das Problem?«

»Nichts Hilfreiches, bisher. Glauben Sie, daß es Hoffnung gibt?«

»Es sollte nicht allzu schwierig sein, zu einer Lösung zu kommen. Nach Mr. Gleasons Anruf hatte ich mir bereits Gedanken über die Sache gemacht. Sie haben mir weitere Anhaltspunkte gegeben, und ich glaube, ich sehe mindestens zwei Möglichkeiten, die sich als fruchtbar erweisen könnten. Wie dem auch sei, es gibt immer eine Lösung — die richtige.«

»Heißt das, daß Sie akzeptieren werden?« fragte Stevens, nervös vor Erleichterung.

»Akzeptieren?« Waldos Augenbrauen gingen hoch. »Mein lieber Herr, wovon in aller Welt sprechen Sie? Wir haben hier nur ein wenig gefachsimpelt. Ich würde Ihrer Gesellschaft unter gar keinen Umständen helfen. Im Gegenteil, ich hoffe sie ruiniert und bankrott zu sehen. Dies mag schon in Kürze der Fall sein.«

Stevens kämpfte um seine Selbstbeherrschung. Hereingelegt! Der fette Kerl hatte nur mit ihm gespielt, hatte ihn an der

Nase herumgeführt. Nachdem er sich ein wenig gefaßt hatte, sagte Stevens: »Ich erwarte nicht von Ihnen, daß Sie der North American verzeihen, Mr. Jones, aber ich appelliere an Ihr Verantwortungsgefühl. Es geht um das Gemeinwohl. Millionen Menschen sind von unseren Diensten abhängig. Sehen Sie nicht, daß die Belieferung mit Energie weitergehen muß, gleichgültig wie Sie oder ich über manche Dinge denken?«

Waldo schürzte die Lippen. »Nein, ich fürchte, das geht mich nichts an. Die Wohlfahrt der Allgemeinheit kann nicht meine Sorge sein. Ich habe schon mehr für sie getan als nötig. Sie verdienen kaum Hilfe. Bringen sie sich nicht selbst immer wieder in die unhaltbarsten Lagen? Überließe man sie ihrer eigenen Intelligenz, würden die meisten wieder zu Höhlen und Steinäxten zurückkehren. Und das wäre auf lange Sicht nicht die schlechteste Lösung der Menschheitsprobleme, weiß Gott.«

Wenn ich noch viel länger bleibe, sagte sich Stevens, wird es einen gewaltigen Krach geben.

»Ist das Ihr letztes Wort?«

»So können Sie es nehmen. Guten Tag, Sir. Ich habe mich über Ihren Besuch gefreut. Danke.«

»Leben Sie wohl. Danke für die Mahlzeit.«

»Nicht der Rede wert.«

Als Stevens sich abwandte, um zum Ausgang zu segeln, rief Grimes ihm nach: »Warte im Empfangsraum, Jim.«

Sobald Stevens außer Hörweite war, sagte Grimes: »Ich wußte immer, daß du einer der ekelhaftesten, unangenehmsten Zeitgenossen bist, Waldo, aber . . .«

»Deine Komplimente beunruhigen mich nicht, Onkel Gus.«

»Ich wußte immer, daß du ein stinkender Egoist bist. Aber daß du einen so billigen Bluff abziehen würdest, hätte ich dir nicht zugetraut. Ich wette, du weißt so wenig wie ich, wie dieses Problem zu lösen ist. Du hast dich auf deine Reputation als Wundertäter zurückgezogen, nur um ihn zu demütigen.«

»Hör auf«, sagte Waldo, abwinkend. »Onkel Gus — wie kommst du auf die Idee, ich hätte geblufft?«

»Weil ich dich kenne. Wenn du dich fähig gefühlt hättest, mit dieser Sache fertig zu werden, hättest du die Situation geprüft und einen Plan ausgearbeitet, die North American in den Schwitzkasten zu nehmen, weil du etwas hast, das sie braucht. Auf die Weise hättest du dir Genugtuung verschaffen können.«

Waldo schüttelte seinen Kopf. »Du unterschätzt die Stärke meiner Gefühle in dieser Sache.«

Doc Grimes ächzte. »Hör mal, von allen Leuten kannst du dir am wenigsten leisten, daß die Situation unten auf der Erde eine Wendung zum Chaos nimmt. Das bedeutet, daß du keine Möglichkeit siehst, eine solche Wendung zu verhindern.«

»Wieso, was soll das heißen? Ich habe kein Interesse an den Schwierigkeiten dort unten; ich bin unabhängig von solchen Dingen. Du solltest mich besser kennen. Es ist nicht Unfähigkeit, es ist Desinteresse.«

»Unabhängig, sagst du? Wer hat den Ochsen aufgezogen, an dem du dich heute abend gemästet hast? Du bist so unabhängig wie eine Bienenkönigin, und beinahe so hilflos.«

Waldo war verdutzt, dann erwiderte er: »O nein, Onkel Gus. Ich bin tatsächlich unabhängig. Ich habe hier Vorräte für Jahre.«

»Für wie viele Jahre?«

»Nun . . . fünf, ungefähr.«

»Und was dann? Du könntest weitere vierzig Jahre leben — vorausgesetzt, es klappt mit der Belieferung. Wie möchtest du lieber zugrunde gehen, durch Verhungern oder Verdursten?«

»Wasser ist kein Problem«, sagte Waldo gedankenvoll. »Was die Lebensmittel angeht, so müßte ich meine Vorräte rechtzeitig vergrößern . . .»

Grimes unterbrach ihn mit einem häßlichen Lachen. »Das beweist, daß ich recht habe. Du weißt nicht, wie du das Problem lösen und eine Versorgungskatastrophe unten auf der Erde abwenden kannst, also überlegst du, wie du deine eigene Haut retten kannst.«

Waldo betrachtete ihn nachdenklich. »Das stimmt ganz und gar nicht. Ich weiß die Lösung nicht, aber ich habe einige Überlegungen und Ideen dazu. Ich wette mein Haus gegen deine Kate, daß ich das Problem lösen kann. Aber nun, da du meine Aufmerksamkeit darauf gelenkt hast, muß ich zugeben, daß ich in das ökonomische System dort unten verstrickt bin. Mehr als mir lieb ist. Und solange ich in dieser Abhängigkeit bin — nicht mehr lange — das versichere ich dir —, wäre ich dumm, wenn ich mein Eigeninteresse vernachlässigen würde.« Er lächelte dünn. »Lassen wir deinen Freund wieder hereinkommen.«

»Nicht so schnell. Ich bin aus noch einem anderen Grund gekommen. Es darf nicht einfach irgendeine Lösung sein; es muß eine besondere Lösung sein.«

»Was meinst du damit?«

»Es muß eine Lösung sein, die der Auffüllung der Luft mit Strahlungsenergie ein Ende macht.«

»Ach, diese Geschichte. Sieh mal, Onkel Gus, ich weiß, wie sehr dir deine Theorie am Herzen liegt, und ich habe nie die Möglichkeit abgestritten, daß du recht haben könntest, aber du kannst nicht von mir verlangen, daß ich diese Frage mit einem anderen und sehr schwierigen Problem vermische.«

»Du mußt es anders sehen, Waldo. Mein Anliegen deckt sich mit deinem Eigeninteresse. Angenommen, alle wären in der Verfassung, in der du bist.«

»Du meinst meine körperliche Verfassung?«

»Genau die. Ich weiß, daß du nicht gern darüber redest, aber wir müssen es ansprechen. Wenn jeder so schwach wäre wie du — und zwar bald! —, dann gäbe es für Waldo keinen Kaffee und Kuchen mehr. Du bist der einzige Mann, den ich kenne, der das zu würdigen versteht. Und das ist es, was ich kommen sehe.«

»Es klingt ziemlich phantastisch.«

»Das ist wahr. Aber die Zeichen sind da; wer sie lesen will, kann sie lesen. Epidemische Myasthenie, nicht notwendigerweise akut, aber ausreichend, um unsere technologische Zivilisation und mit ihr deine Nachschublinien zu ruinieren. Ich habe Daten gesammelt, Tabellen und Statistiken angelegt. Du solltest sie sehen.«

»Hast du sie mitgebracht?«

»Nein, aber ich werde sie dir schicken. Einstweilen kannst du mein Wort dafür nehmen. Nun, was meinst du?«

»Ich werde es als eine vorläufige Arbeitshypothese versuchsweise annehmen«, sagte Waldo bedächtig, »bis ich deine Zahlen sehe. Wahrscheinlich wirst du weitere Untersuchungen für mich durchführen müssen — wenn dein Material hält, was du versprichst.«

»Selbstverständlich. Wiedersehen, Waldo.« Grimes strampelte ein paar Sekunden in der Luft, als er geistesabwesend zu gehen versuchte.

Stevens hatte noch nicht lange im Empfangsraum gewartet, als die Attrappe plötzlich zum Leben erwachte. »Ach, Mr. Stevens.«

»Häh? Ja?«

»Ich habe mich entschlossen, den Auftrag anzunehmen. Meine Anwälte werden die Einzelheiten mit Ihrer Geschäftsleitung besprechen.«

Stevens war vor Überraschung unfähig zu einer Antwort; als er nach ein paar Sekunden seine Stimme wiederfand, war die Attrappe bereits verstummt. Kurz darauf kam der alte Mann in den Empfangsraum geschwommen.

»Doc!« rief Stevens. »Was ist in ihn gefahren? Wie hast du es erreicht?«

»Er hat es sich anders überlegt«, sagte Grimes wortkarg. »Komm, machen wir uns auf den Rückweg.«

Stevens setzte Dr. Augustus Grimes vor dessen Haus ab und setzte die Reise zum Werk fort. Er stellte die Maschine ab und wollte eben den Tunnel zum Verwaltungsgebäude betreten, als er seinem Assistenten begegnete. McLeod war außer Atem. »Jim!« sagte er. »Gut, daß du wieder da bist. Ich muß mit dir reden.«

»Was ist jetzt kaputt?« fragte Stevens, voll unguter Ahnungen. »Eine der Städte?«

»Nein. Wie kommst du darauf?«

»Egal. Was ist los?«

»Mit den Städten ist alles in Ordnung, soviel ich weiß. Was ich dir erzählen wollte, ist dies: Ich habe meine Kiste wieder flottgemacht.«

»Was? Du hast die Maschine flottgemacht, mit der du abgestürzt bist?«

»Es war eigentlich kein Absturz; ich hatte noch Energie in den Reservespeichern; als der Empfang aufhörte, schaltete ich auf die Reserve um und machte eine Notlandung.«

»Aber du hast sie repariert? Waren es die Triebwerke? Oder etwas anderes?«

»Es waren die Triebwerke. Und sie funktionieren wieder. Aber ich habe es eigentlich nicht selber gemacht. Ich ließ es machen. Verstehst du . . .«

»Was war mit ihnen los?«

»Ich weiß es nicht genau. Verstehst du, ich sagte mir, daß es keinen Sinn habe, eine neue Maschine zu mieten und auf dem Rückflug vielleicht wieder eine Bruchlandung zu machen. Außerdem war ich mit meiner eigenen Kiste geflogen, und ich wollte sie nicht auf offenem Feld auseinandernehmen und alle die Teile ausbreiten. Also mietete ich einen Sattelschlepper, mit der Idee, meine Kiste in einem Stück zurückzubringen. Ich einigte mich mit einem Mann, der einen Zwölftonner hatte, und wir verluden die Kiste und fuhren los, nach Pennsylvania hinein. Wir kamen ganz schön voran, aber dann blieb der Sattelschlepper liegen. Das rechte Vorderrad — glatt abgebrochen. Ich kann dir sagen, Jim, diese Straßen sind eine Katastrophe.«

Stevens zuckte die Schultern. »Warum Steuergelder für den Straßenbau verschwenden, wenn neunzig Prozent des

Verkehrs durch die Luft gehen? Der Laster verlor also ein Rad. Was war dann?«

»Trotzdem, diese Straßen sind eine Schande«, beharrte McLeod hartnäckig. »Ich bin in der Gegend aufgewachsen. Als ich ein Junge war, hatten wir vierspurige Straßen, breit und glatt wie ein Babyhintern. Man sollte sie instand halten; eines Tages könnten wir sie wieder gebrauchen. Nun, also der Fahrer ging los und telefonierte mit einer Werkstatt in der nächsten Stadt, und die Leute dort versprachen einen Reparaturwagen herauszuschicken. Alles in allem sollte es vier oder fünf Stunden dauern, bis wir weiterfahren könnten. Für mich war klar, daß es sieben oder acht Stunden dauern würde. Nun, wir waren in dem Distrikt, den ich aus meiner Jugendzeit gut kannte, und ich sagte zu mir: ›McLeod, das ist eine großartige Gelegenheit, die Stätten deiner Kindheit und dein Vaterhaus wiederzusehen.‹ Ich wanderte also los. Wir waren nur sieben oder acht Kilometer von meinem Heimatdorf entfernt; in vier Stunden konnte ich leicht hin und wieder zurück gehen. Nach einem Kilometer oder so sah ich rechts voraus eine kleine bewaldete Kuppe, die mir irgendwie bekannt vorkam, und ich schlug einen Bogen, um sie mir genauer anzusehen. Meine Vermutung bestätigte sich, und noch bevor ich hinkam, kannte ich mich wieder aus; gleich hinter der Kuppe war die Hütte, wo Gramps Schneider gewohnt hatte.«

»Gramps Snyder?«

»Nicht Snyder — Schneider. Ein alter Mann, mit dem wir Jungen befreundet waren. Neunzig Jahre älter als alle anderen. Ich dachte, er wäre längst tot, aber er war es nicht. ›Hallo, Gramps‹, sagte ich. ›Komm 'rein, Hugh Donald‹, sagte er.

Ich kam hinein und setzte mich. Er stand an seinem Propan-Gasherd und rührte in irgendeinem Gebräu. Ich fragte ihn, was das sei. ›Gegen Altersbeschwerden‹, sagte er. Gramps ist so etwas wie ein Heilkundiger, eine Art Zauberdoktor.«

»Was?«

»Er macht es mehr nebenbei. Er hat Hühner und seinen Gemüsegarten, und die einfachen Landleute, die er mit seinen Heilkräutern versorgt, geben ihm, was er sonst noch braucht. Er weiß eine Menge über homöopathische Heilmittel.

Er sagte: ›Du bist gewachsen, Hugh Donald‹, und fragte mich, wie ich in der Schule zurechtkäme. Ich sagte ihm, ich könne nicht klagen. Er schaute mich wieder an und sagte: ›Aber du hast Sorgen, die dich bedrücken.‹ Es war keine Frage, es war eine Feststellung. Ich weiß nicht, wie ich dazukam, aber auf einmal war ich dabei, ihm zu erklären, welche Schwierigkeiten ich hatte.

Es war nicht leicht. Ich glaube, Gramps war noch nie in seinem Leben in der Luft. Und die moderne Technik der Strahlungsenergie ist keine Sache, die du mit ein paar Worten erklären kannst. Ich verstrickte mich mehr und mehr in meine Erklärungen, und schließlich stand er auf, setzte seinen Hut auf und sagte: ›Wir werden uns diesen Wagen ansehen, von dem du sprichst.‹

Wir gingen zur Straße hinüber. Der Reparaturwagen war eingetroffen, aber die Mechaniker hatten gerade erst mit der Arbeit am Sattelschlepper angefangen. Ich half Gramps Schneider auf die Ladefläche, und wir stiegen in meine Kiste. Ich zeigte ihm die Triebwerke und versuchte ihm zu erklären, wie sie funktionieren sollten. Ich dachte nur daran, die Zeit totzuschlagen.

Er zeigte auf den Antennenfächer des Empfängers und fragte: ›Diese Finger da — sie greifen nach der Energie?‹ Die Erklärung war so gut wie jede andere, also nickte ich. Er sagte: ›Ich verstehe‹, und zog ein Stück Kreide aus seiner Hosentasche und begann Linien auf jede Antenne zu zeichnen, von vorn nach hinten. Ich dachte: Laß ihn nur, und ging nach vorn, um zu sehen, wie die Mechaniker mit dem Rad zurechtkämen. Nach einer Weile kam Gramps nach. ›Hugh Donald‹, sagte er, ›diese Finger — jetzt werden sie es machen.‹

Ich wollte seine Gefühle nicht verletzen, darum dankte ich ihm überschwenglich. Der Sattelschlepper war inzwischen fertig zur Weiterfahrt; wir verabschiedeten uns, und er wanderte zurück zu seiner Hütte. Ich stieg auf die Ladefläche und warf einen Blick in meine Kiste. Ich dachte mir, daß der alte Mann nicht viel hatte kaputtmachen können, aber ich war doch ein bißchen neugierig. Ich probierte den Empfänger aus. Er funktionierte!«

»Was?« fragte Stevens ungläubig. »Du willst mir allen Ernstes weismachen, ein alter Zauberdoktor habe deine Triebwerke in Ordnung gebracht?«

»Du hast es begriffen.«

Stevens schüttelte seinen Kopf. »Das ist einfach ein Zufall. Manchmal gewinnen sie ihre Funktionstüchtigkeit ebenso spontan zurück, wie sie sie verlieren.«

»Das ist, was du denkst. Diesmal nicht. Ich habe dich nur für den Schock vorbereitet, den du gleich erleben wirst. Komm mit.«

»Wohin?«

»In den Hangar.« Während sie gingen, fuhr McLeod fort: »Ich gab dem Fahrer des Sattelschleppers einen Scheck und flog mit meiner Kiste hierher zurück. Ich habe mit keinem Menschen über die Sache gesprochen, aber ich habe meine Nägel bis zu den Ellenbogen abgekaut, während ich auf dich wartete.«

Die Maschine sah völlig normal aus. Stevens ging herum und sah sich die Triebwerke an. Auf ihren Metallflanken waren schwache Kreidemarkierungen zu sehen, sonst nichts Ungewöhnliches.

»Paß auf, während ich auf Empfang schalte«, sagte McLeod.

Stevens wartete, hörte das leise Summen und paßte auf.

Die Antennen der Triebwerksempfänger, jede ein steifer Metallstab, bogen, krümmten und ringelten sich wie ein Bündel Würmer. Sie griffen zu, wie Finger.

Stevens hockte bei den Triebwerken und beobachtete die unmöglichen Bewegungen. McLeod verließ den Pilotensitz und gesellte sich zu ihm. »Nun, Chef«, fragte er. »Wie erklärst du dir das?«

»Hast du eine Zigarette?«

»Was für Dinger schauen denn da aus deiner Brusttasche?«

»Ah — ja, klar.« Stevens zog eine heraus, zündete sie an und inhalierte den Rauch mit tiefen Zügen.

»Nun, sag schon«, drängte McLeod. »Wie kommt das zustande?«

»Ja«, sagte Stevens bedächtig, »ich könnte mir drei Möglichkeiten vorstellen . . .«

»Yeah?«

»Die erste ist, daß ich mir einen anderen Job suche und Gramps Schneider meinen Posten bekommt.«

»Das ist in jedem Fall eine gute Idee.«

»Die zweite ist, daß wir einfach hier warten, bis die Burschen mit den Zwangsjacken kommen, um uns in die Klapsmühle zu bringen.«

»Und was ist die dritte?«

»Die dritte ist«, sagte Stevens, »daß wir diese verdammte Kiste im Meer versenken, wo es am tiefsten ist, und so tun, als hätten wir nie etwas gesehen!«

Ein Mechaniker steckte seinen Kopf zur Tür herein. »He, Chef!«

»Raus hier!«

Der Kopf zog sich hastig zurück, und die Stimme nahm einen beleidigten Tonfall an: »Anruf von der Verwaltung.«

Stevens stand auf, ging nach vorn und schaltete die Energieaufnahme ab, dann vergewisserte er sich, daß die Antennen ihre beunruhigenden Bewegungen eingestellt hatten. Sie sahen so gerade und normal aus, daß er wieder geneigt war, an seinen Sinnen zu zweifeln. Kopfschüttelnd ging er zur Tür. Draußen stand der Mechaniker. »Tut mir leid, daß ich Sie angeschrien habe«, sagte Stevens beschwichtigend. »Was war das für ein Anruf?«

»Mr. Gleason möchte, daß Sie so bald wie möglich in sein Büro kommen.«

»Ich werde gleich gehen. Und, Whitey, ich habe Arbeit für Sie. Versiegeln Sie die Türen der Maschine dort, und lassen

Sie keinen damit herumspielen. Und dann lassen Sie sie in die Prüfstation schleppen.«

»Wird gemacht, Chef.«

Stevens wandte sich zum Gehen; McLeod hielt ihn zurück. »Und wie soll ich nach Hause kommen?«

»Ach ja, es ist dein persönliches Eigentum, nicht? Ich will dir was sagen, Mac — die Firma braucht deinen Schrotthaufen. Schreibe einen Kaufvertrag aus, und ich unterzeichne ihn.«

»Tja — aber ich weiß gar nicht, ob ich ihn verkaufen will. Wer weiß, ob es nicht bald die einzige Maschine im ganzen Land ist, die einwandfrei funktioniert?«

»Sei nicht albern. Wenn die anderen nicht mehr fliegen, wird es dir überhaupt nichts nützen, die einzige startklare Maschine zu haben. Dann wird man nämlich die Energie abschalten.«

»Das könnte allerdings sein«, räumte McLeod ein. »Trotzdem«, fuhr er fort, »eine Kiste wie diese da, mit ihren besonderen Talenten, ist ein gutes Stück mehr wert als der Listenpreis. Man kann nicht einfach hingehen und eine kaufen.«

»Mac«, sagte Stevens, »du bist ein habgieriger Mensch. Wieviel willst du für das Wrack haben?«

»Angenommen, wir einigen uns auf den doppelten Listenpreis, neu. Damit kommst du billig weg.«

»Ich weiß zufällig, daß du diesen kalten Ofen aus zweiter Hand gebraucht gekauft hast. Aber meinetwegen. Entweder kann die Firma es verkraften oder sie geht sowieso bankrott, und dann spielt es keine Rolle.«

Gleason blickte lächelnd auf.

»Da sind Sie ja, Stevens. Sie scheinen bei unserem Freund Waldo dem Großen ein Wunder gewirkt zu haben! Meinen Glückwunsch.«

»Wieviel berechnet er uns?«

Gleason zuckte mit der Schulter. »Eine halbe Million plus Spesen. Aber wenn er Erfolg hat, lohnt sich die Ausgabe. Er scheint seiner Sache ziemlich sicher zu sein. Sagen Sie mir — wie ist er? Sind Sie wirklich in sein Haus gekommen?«

Stevens nickte. »Ich werde Ihnen ein andermal darüber erzählen. Im Moment habe ich mit einer anderen Sache zu tun. Sie sollten sofort davon erfahren. Können Sie mit mir in die Prüfstation kommen? Ich muß Ihnen etwas zeigen.«

Gleason war über die sich windenden Antennenstäbe nicht so beunruhigt, wie Stevens es gewesen war. Er war verblüfft, aber nicht aufgeregt. Ihm fehlte der nötige technische Hintergrund, um die phantastische Absurdität des Phänomens zu sehen.

»Das ist ziemlich ungewöhnlich, nicht?« sagte er.

»Ungewöhnlich! Hören Sie, Mr. Gleason, was würden Sie denken, wenn die Sonne im Westen aufginge?«

»Ich glaube, ich würde beim Observatorium anrufen und nach dem Grund fragen.«

»Nun, ich kann nur sagen, daß es mir viel lieber wäre, wenn die Sonne im Westen aufginge, als dieses hier geschehen zu sehen.«

»Ich gebe zu, daß es recht sonderbar ist«, sagte Gleason. »Ich kann nicht behaupten, daß ich jemals etwas dergleichen gesehen habe. Was sagt Doktor Rambeau dazu?«

»Er hat es noch nicht gesehen.«

»Dann sollten Sie ihn lieber verständigen. Wahrscheinlich ist er noch nicht nach Hause gegangen.«

»Sollten wir es nicht lieber Waldo zeigen?«

»Das werden wir auch tun. Aber Doktor Rambeau ist berechtigt, es zuerst zu sehen. Die Triebwerke sind seine Entwicklung. Ich möchte nicht über seinen Kopf hinweg handeln. Also zeigen Sie ihm dieses Phänomen, am besten jetzt gleich. Ich weiß, daß Sie ihn nicht besonders mögen, aber jetzt ist nicht die Zeit für persönliche Antipathien.«

Waldo war sehr beschäftigt, und darum glücklich. Es gab zwei Probleme: das von Stevens und das von Grimes. Benötigt wurde eine einzige Lösung, die jeden der beiden befriedigte.

Stevens hatte ihm alles verfügbare Material geschickt, sowohl über die Theorie des Strahlungsenergie-Systems als auch über die Triebwerke und die verschiedenen Fälle von Versagen, die in letzter Zeit vorgekommen waren. Waldo hatte sich bisher wenig um Strahlungsenergie gekümmert. Er fand das Gebiet interessant, aber vergleichsweise einfach. Mehrere Verbesserungen kamen ihm bei seinen Überlegungen in den Sinn, aber die waren im Moment nicht wichtig. Später würde er die North American für solche Ideen zahlen lassen; oder vielleicht würde es amüsanter sein, ein Konkurrenzunternehmen aufzuziehen. Er mußte einmal nachsehen lassen, wann ihre Patente verfielen.

Aber trotz gewisser Unvollkommenheiten sollten die Triebwerke immer und unter allen Bedingungen arbeiten. Er machte sich freudig daran, herauszufinden, warum sie es nicht taten.

Er hatte irgendeinen Fabrikationsfehler vermutet. Aber die funktionsunfähigen Triebwerke, die Stevens ihm gleichfalls geschickt hatte, hatten ihr Geheimnis nicht preisgegeben. Er durchleuchtete sie auf der Suche nach Materialfehlern, vermaß sie mit Mikrometer und Interferometer, unterzog sie allen üblichen Tests und einigen anderen, die ganz unüblich waren.

Schließlich baute er in seiner Werkstatt ein Triebwerk nach, wobei er eins von den defekten Triebwerken als Vorlage und ein weiteres als Rohmaterial verwendete. Er arbeitete mit höchster Präzision und unter Zuhilfenahme seiner feinsten Prüfinstrumente. So baute er ein Triebwerk, das der Vorlage so ähnlich war, wie Technologie und Geschicklichkeit es erlaubten. Es funktionierte einwandfrei.

Sein älteres Zwillingsstück arbeitete immer noch nicht. Dieser Umstand entmutigte Waldo keineswegs; im Gegenteil, er war erfreut. Er hatte bewiesen, daß das Versagen der Triebwerke nicht auf Materialfehlern oder auf mangelhafter Verarbeitung beruhte, sondern daß ein Konstruktionsproblem vorlag.

Stevens hatte ihm von dem seltsamen Verhalten der Triebwerke und Empfängerantennen in McLeods Maschine berichtet, aber Waldo hatte seine Aufmerksamkeit noch nicht auf die Angelegenheit gerichtet. Er war ein Freund methodischen Arbeitens und würde sich darum kümmern, wenn die Zeit es ihm erlaubte. Einstweilen stellte er die Sache zurück. Diese nackten Affen waren ein hysterischer Haufen; wahrscheinlich entbehrte die Geschichte jedes realen Hintergrunds.

Als nächstes war Grimes' Problem an der Reihe.

Waldos technologisch orientierter Verstand mußte zugeben, daß die Biologie interessanter war, als er geglaubt hatte. Grimes' Unterlagen hatten ihn überzeugt, daß der alte Mann mit seinen Befürchtungen recht hatte. Das war eine ernste Sache! Die Zahlen waren noch unvollständig, aber nichtsdestoweniger deutlich genug. Projizierte man sie mit etwa gleichbleibenden Zunahmeraten in die Zukunft, ließ sich absehen, daß es in etwa zwanzig Jahren keinen Mann mehr geben würde, dessen Kräfte für die Arbeit in Bergwerken oder in der Schwerindustrie ausreichten. Herumsitzen und Knöpfe drükken wäre alles, wozu sie dann noch taugten.

Daß seine eigene Schwäche ihm nicht mehr erlaubte, war für ihn ein unzulässiger Vergleich; Schwäche bei den nackten Affen betrachtete er, wie ein Bauer die Schwäche seines Zugtieres betrachtete. Er dachte nicht daran, den Pflug selber zu ziehen — das war Aufgabe des Pferdes.

Er ließ die besten Physiologen, Neurologen und Gehirnchirurgen kommen, bestellte sie zu sich, wie man Waren nach einem Katalog bestellt. Er mußte zu einem Verständnis dieser Dinge gelangen.

Er war beträchtlich verstimmt, als er erfahren mußte, daß er keine Vivisektion an menschlichen Wesen machen durfte. Er war mittlerweile überzeugt, daß der Schaden im neurologischen System zu suchen war, und daß die ganze Angelegenheit vom Gesichtspunkt der elektromagnetischen Theorie aus angefaßt werden sollte. Dazu wollte er einige vorsichtige Versuche machen, bei denen Menschen direkt an einen Apparat seiner eigenen Konstruktion angeschlossen würden, um herauszubringen, in welcher Weise Nervenimpulse sich von elektrischem Strom unterschieden. Wenn er einzelne Nervenstränge entfernen und durch feine Metalldrähte ersetzen könnte, die die Impulse über Verstärker an sein Gerät weiterleiteten, wären erhellende Entdeckungen sicher. Aber er war gezwungen, sich mit Leichen und Tieren zu behelfen.

Nichtsdestoweniger machte er Fortschritte. Die ultrakurzwellige Energiestrahlung hatte einen bestimmten Effekt auf das Nervensystem, einen doppelten Effekt: Sie rief Reaktionen der Neuronen hervor, nicht stark genug, um motorische Reflexe der Muskeln auszulösen, aber, so vermutete er, stark genug, um den Körper in einem Zustand ständiger, unterschwelliger nervöser Erregung zu halten. Und zweitens: War ein Lebewesen längere Zeit diesem Prozeß unterworfen, zeigte es eine geringe, aber deutlich meßbare Minderung der Wirksamkeit der Neuronenimpulse.

Die Summe dieses doppelten Effekts auf das Individuum war ein Zustand leichter Müdigkeit, ähnlich dem Befinden im Frühstadium einer Lungentuberkulose. Der Betroffene fühlte sich nicht krank; es fehlte ihm einfach der Schwung. Anstrengende körperliche Aktivität war nicht unmöglich; sie war nur verhaßt; sie verlangte zuviel Willenskraft, zuviel Überwindung.

Aber ein orthodoxer Pathologe wäre gezwungen, dem Opfer völlige Gesundheit zu bescheinigen — ein bißchen überarbeitet, vielleicht, aber sonst nichts. Wahrscheinlich eine Folge der sitzenden Lebensweise. Was der Mann brauchte, war frische Luft, Sonnenschein und gesunde Bewegung.

Allein Doc Grimes hatte erkannt, daß der gegenwärtige allgemeine Hang zur sitzenden Lebensweise die Wirkung und nicht die Ursache des vorherrschenden Mangels an Lebenskraft war. Die Veränderung war allmählich gekommen, langsamer noch als die Zunahme der Strahlung in der Luft. Die Betroffenen hatten sie, wenn überhaupt, einfach als einen

Hinweis aufgenommen, daß sie ein wenig älter wurden, bequemer, eben nicht mehr so jung und lebendig wie einst waren. Und sie waren zufrieden mit dem verlangsamten Lebensrhythmus; er war angenehmer.

Grimes hatte angefangen, sich Gedanken darüber zu machen, als er bemerkte, daß alle seine jüngeren Patienten vom Typ des »Bücherwurms« waren. Es war sehr gut, wenn ein Kind Bücher las, fand er, aber ein normales, gesundes Kind sollte sich auch ein bißchen austoben und im Freien spielen ...

Waldo begann die Antwort zu finden.

Das Nervennetzwerk des Körpers war einer Antenne nicht unähnlich. Wie eine Antenne konnte es elektromagnetische Wellen aufnehmen. Aber die Aufnahme geschah nicht als Induktionsstrom, sondern eben als Nervenimpulse — Impulse, die elektrischem Strom zwar ähnlich, aber doch ganz verschieden von ihm waren. Elektrische Energie ließ sich anstelle von Nervenimpulsen zur Aktivierung von Muskelgewebe verwenden, aber sie war nicht dasselbe. Allein ihre Geschwindigkeit war völlig anders. Die Geschwindigkeit eines elektrischen Stromimpulses kommt der des Lichts nahe; die Geschwindigkeit eines von Neuronen ausgehenden Nervenimpulses läßt sich in Zentimetern pro Sekunde messen.

Waldo fühlte, daß in dieser Frage der Geschwindigkeit der Schlüssel zum Problem lag.

Es war ihm nicht vergönnt, die Sache mit McLeods phantastischer Maschine so lange zu ignorieren, wie er es gern getan hätte. Dr. Rambeau rief ihn an.

Waldo, der den Mann nicht kannte, sah das fremde Gesicht im Bildschirm und sagte kurz angebunden: »Wer sind Sie und was wollen Sie?«

Rambeau blickte vorsichtig umher. »Schhh! Nicht so laut!« wisperte er. »Sie könnten horchen .«

»Wer könnte horchen? Und wer sind Sie?«

»›Sie‹ sind diejenigen, die es machen. Und ich bin Doktor Rambeau.«

»Doktor Rambeau? Oh, ich verstehe. Nun, Doktor, was verschafft mir die Ehre Ihres Anrufs?«

Der andere beugte sich vor, bis er aus dem Bildschirm zu fallen schien. »Ich habe gelernt, wie es gemacht wird«, sagte er gepreßt.

»Wie was gemacht wird?«

»Wie es gemacht wird, daß die Triebwerke funktionieren. Möchten Sie es gern wissen?« Rambeau legte einen Finger an seine Nase und lächelte schurkisch. »Ich werde es Ihnen sagen.«

»Also fangen Sie an«, sagte Waldo ungeduldig.

»Passen Sie auf: Nichts ist gewiß.«

»Ist das alles?« fragte Waldo, nun amüsiert über das sonderbare Gehabe des Mannes.

»Ist das nicht genug? Hühner werden krähen, und Hähne werden legen. Sie sind hier, und ich bin dort. Oder vielleicht nicht. Nichts ist gewiß. Nichts. NICHTS. Die kleine Kugel rollt im Kreis, herum und herum, und niemand weiß, wo sie zum Stillstand kommen wird. Aber ich habe gelernt, wie es gemacht wird.«

»Wie was gemacht wird?«

»Wie ich die kleine Kugel dort anhalten kann, wo ich es will. Sehen Sie.« Er zog ein Taschenmesser heraus und ließ es aufspringen. »Wenn Sie sich schneiden, blutet es, nicht wahr? Oder nicht?« Er schnitt in seinen linken Zeigefinger. »Hier.« Er hielt den Finger nahe vor das Aufnahmeobjektiv. Der Schnitt, obschon tief, blutete überhaupt nicht.

Großartig! dachte Waldo. Hysterische Gefäßkontrolle — ein perfekter klinischer Fall.

»Das kann jeder«, sagte er laut. »Zeigen Sie mir ein richtiges Kunststück.«

»Jeder? Gewiß kann es jeder — wenn er weiß, wie. Passen Sie auf.« Er stieß die Spitze des Springmessers hart in seine linke Handfläche, so daß ein Stück der Klinge aus dem Handrücken drang und das Heft des Messers die Handfläche berührte. Er bewegte die Klinge in der Wunde, zog sie heraus und hielt Waldo die Handfläche hin. Kein Blut, und die Wundränder schlossen sich rapide. »Wissen Sie, warum? Das Messer ist nur wahrscheinlich dort, und ich habe die Unwahrscheinlichkeit gefunden!«

Waldo war amüsiert, aber er begann zu fürchten, daß Rambeau ihn mit weiteren Fakirkunststücken langweilen würde. »Ist das alles?«

»Es ist nur ein Beispiel«, sagte Rambeau. »Die Möglichkeiten sind unendlich, denn nichts ist mehr gewiß. Sehen Sie sich dies an.« Er legte das Messer auf seine Handfläche, drehte dann die Hand um.

Das Messer fiel nicht, sondern blieb in Berührung mit der Unterseite seiner Hand.

Waldo merkte auf. Es konnte ein Trick sein; wahrscheinlich war es ein Trick — aber er beeindruckte Waldo weit mehr als Rambeaus Fähigkeit, sich Verletzungen beizubringen, die nicht bluteten. Sie war typisch für gewisse Arten von Psychosen; das andere hätte nicht passieren sollen. Er schaltete ein anderes Gerät ein und sagte hastig: »Verbinden Sie mich mit Chefingenieur Stevens von der North American Power-Air. Sofort!«

Als er den Ton von Rambeaus Gerät wieder kommen ließ, sprach der Mann von seinem Messer. »Es weiß nicht, wo unten ist, denn nichts ist gewiß. Verstehen Sie? Vielleicht wird es fallen — vielleicht nicht. Ich glaube, es wird fallen. Da — es ist gefallen. Möchten Sie mich an der Decke gehen sehen?«

»Sie haben mich gerufen, Mr. Jones?« Es war Stevens.

Waldo unterbrach wieder die Tonverbindung mit Rambeau. »Ja. Mr. Stevens, suchen Sie Rambeau auf und bringen Sie ihn sofort zu mir. Ich muß ihn sprechen.«

»Aber Mr. Jo . . .«

»Schnell!« Er schaltete Stevens ab und stellte die Verbindung mit Rambeau wieder her.

». . . Unsicherheit. Magie beherrscht die Welt!« Rambeau gab Waldo ein freundliches Lächeln und fügte hinzu: »Guten Abend, Mr. Jones. Ich hoffe, ich habe Sie nicht gelangweilt.«

Der Bildschirm erlosch.

Waldo wartete ungeduldig. Je länger er nachdachte, desto unwahrscheinlicher kam ihm die Sache vor. Das ganze Ding war ein Scherz gewesen, sagte er sich. Rambeau hatte ihm einen Streich gespielt. Waldo liebte solche Späße nicht.

Als Stevens sich wieder meldete, waren fast zwei Stunden verstrichen. Er war außer Atem. »Es war schwierig«, schnaufte er.

»Haben Sie ihn erreichen können?«

»Rambeau? Ja, das schon . . .«

»Dann bringen Sie ihn zu mir.«

»Zu Ihnen? Aber das ist unmöglich. Sie verstehen nicht. Er ist übergeschnappt; er ist verrückt geworden. Sie haben ihn in ein Nervenkrankenhaus gebracht.«

»Sie urteilen falsch und voreilig«, sagte Waldo eisig. »Ich weiß, daß etwas mit ihm ist, aber ich meinte, was ich sagte. Arrangieren Sie es. Lassen Sie ihn meinetwegen von Krankenschwestern begleiten. Geben Sie eine eidesstattliche Erklärung ab. Bestechen Sie das Krankenhauspersonal. Aber bringen Sie ihn sofort zu mir. Es ist notwendig.«

»Ist das Ihr Ernst?«

»Ich habe nicht die Gewohnheit, dumme Witze zu machen.«

»Aber — aber er ist nicht in einer Verfassung, daß er Ihnen nützen könnte, das kann ich Ihnen sagen.«

»Darüber lassen Sie besser mich befinden«, erwiderte Waldo.

»Na schön«, sagte Stevens zweifelnd. »Ich werde es versuchen.«

»Sorgen Sie dafür, daß es gelingt.«

Eine halbe Stunde später meldete Stevens sich erneut. »Ich kann Rambeau nicht bringen.«

»Sie ungeschickter, unfähiger Tölpel!«

Stevens wurde rot, wahrte aber die Beherrschung. »Lassen wir die persönlichen Komplimente. Er ist verschwunden. Er kam nie im Krankenhaus an.«

»Was?«

»Ja. Eine verrückte Sache, wirklich. Sie hatten ihn auf eine Bahre geschnallt, als sie ihn wegbrachten. Er steckte wie in einem Korsett, konnte Arme und Beine nicht bewegen. Ich war selber dabei, als sie ihn so verpackten. Aber als sie im Krankenhaus ankamen, war er fort. Und die Pfleger behaupten, die Schnallen seien nicht mal geöffnet worden.«

Waldo wollte »unerhört!« sagen, überlegte es sich jedoch anders. Stevens fuhr fort: »Aber das ist nicht die Hälfte der Geschichte. Ich möchte verdammt gern selber mit ihm reden. Ich habe mich in seinem Laboratorium umgesehen. Sie wissen von diesem Triebwerksatz, der plötzlich verrückt spielte — der verhext wurde?«

»Ich weiß, worauf Sie sich beziehen.«

»Rambeau hat einen zweiten Satz Triebwerke so hingekriegt, daß die Dinger es genauso machen!«

Waldo schwieg viele Sekunden lang, dann sagte er ruhig: »Mr. Stevens, ich danke Ihnen für Ihre Bemühungen. Und können Sie bitte dafür sorgen, daß beide Empfängersätze, die zwei Sätze, die sich so unerklärlich abweichend verhalten, auf dem schnellsten Weg zu mir geschickt werden?«

Es gab keinen Zweifel. Sobald er sie mit seinen eigenen Augen gesehen und das absurde Geringel der Antennen beobachtet hatte, sah Waldo sich zu der Schlußfolgerung gezwungen, daß er es mit einem neuen Phänomen zu tun hatte, einem Phänomen, dessen Gesetze er nicht kannte.

Wenn es Gesetze gab . . .

Denn er war ehrlich mit sich selbst. Wenn er wirklich sah, was er zu sehen glaubte, dann wurden Gesetze, die er für gültig gehalten hatte und die ihrer Natur nach keine Ausnahmen zuließen, von dieser Erscheinung grundsätzlich in Frage gestellt.

Er bedauerte den Verlust von Dr. Rambeau. Der Mann — verrückt oder nicht — beeindruckte ihn; er hatte etwas herausgefunden, mehr als Waldo jemals hatte entdecken können. Nun, Rambeau war nicht verfügbar, aber es gab noch einen Mann, der mehr darüber wußte als Waldo. Er rief noch einmal Stevens an.

»Haben Sie etwas von Doktor Rambeau gehört?«

»Kein Wort und kein Lebenszeichen. Ich beginne zu fürchten, daß der Arme tot ist.«

»Möglich, obwohl ich es nicht glaube. Hören Sie, dieser alte Zauberdoktor, der Freund von Ihrem Kollegen — hieß er nicht Schneider?«

»Gramps Schneider.«

»Ja, richtig. Können Sie mir ein Gespräch mit ihm vermitteln?«

»Telefonisch, oder wollen Sie ihn persönlich sehen?«

»Ich würde es vorziehen, wenn er käme, aber soviel ich weiß, ist er alt und gebrechlich. Eine Reise hierher wäre ihm vielleicht nicht zuträglich.«

»Ich werde sehen, was sich machen läßt.«

Später am Tag meldete sich Stevens zurück. »Mr. Jones ...«

»Ja, Stevens?«

»Was Sie vorschlagen, läßt sich nicht arrangieren. Gramps Schneider kann weder zu Ihnen kommen, noch können Sie ihn am Telefon sprechen.«

»Sie wollen damit sagen, daß er tot ist?«

»Nein, nein, das nicht. Er will unter keinen Umständen ein Videophon benützen. Er sagt, es tue ihm leid, Ihnen nicht gefällig sein zu können, aber er sei ein Gegner aller dieser technischen Dinge — Telefon, Kameras, Kino, Fernsehen und so weiter. Er hält sie für gefährlich. Ich fürchte, er läßt sich nicht von seinem Aberglauben abbringen.«

»Als Vermittler, Mr. Stevens, lassen Sie viel zu wünschen übrig.«

Stevens zählte stumm bis zehn, dann sagte er: »Ich versichere Ihnen, daß ich alles in meiner Macht Stehende getan habe, um Ihren Wünschen zu entsprechen. Wenn Sie mit der Qualität meiner Zusammenarbeit unzufrieden sind, schlage ich vor, daß Sie mit Mr. Gleason sprechen.«

Er schaltete aus.

»Wie würde es dir gefallen, ihn in den Hintern zu treten?« fragte McLeod träumerisch.

»Mac, du bist telepathisch begabt.«

»Onkel Gus?«

»Ah, hallo, Waldo. Freut mich, daß du anrufst.«

»Würde es gefährlich für mich sein, auf die Erde zu kommen?«

»Wie? Was sagtest du?«

»Ich fragte, ob es mir schaden würde, wenn ich eine Reise zur Erde machte.«

»Was ist los, Waldo? Fühlst du dich nicht gut?«

»Ich fühle mich großartig, aber ich muß einen Mann auf der Erde besuchen. Es gibt keine andere Möglichkeit, mit ihm zu sprechen, und ich muß mit ihm reden. Würde die Reise mir schaden?«

»Das sollte sie nicht, wenn du vorsichtig bist. Schließlich wurdest du dort geboren. Aber du mußt dich in acht nehmen. Du hast eine Menge Fett um dein Herz gepackt.«

»Du hältst die Reise also für gefährlich?«

»Nein. Du bist gesund genug. Du darfst dich eben nicht überanstrengen, nicht aufregen.«

»Darauf werde ich achten. Onkel Gus?«

»Ja?«

»Wirst du mich begleiten und mir helfen? Du weißt, auf der Erde bin ich praktisch hilflos.«

»Na schön. Ich glaube zwar nicht, daß es nötig ist, aber ich werde es tun.«

»Vergessen Sie nicht«, instruierte Waldo den Piloten, »die absolute Beschleunigung darf nie über die eineinhalbfache Schwerkraft hinausgehen, auch nicht bei der Landung.«

»Ich fliege seit zwölf Jahren Krankentransporte«, sagte der Pilot, »und ich habe noch nie einem Patienten Unannehmlichkeiten bereitet.«

»Gut. Ich hoffe, Sie werden es auch diesmal nicht tun. Die Höhe Ihrer Extravergütung hängt davon ab. Platz, Baldur! Laß das Geschnupper sein!«

»Machen Sie sich keine Sorgen.«

»Ich bin fertig. Kannst du mir mit den Gurten helfen, Onkel Gus?«

Waldo, eingehüllt in einen Plastiksack, lag in einem wassergefüllten Tank wie in einer Badewanne. Sein Kopf und seine Schultern ruhten auf einer körpergerecht geformten Nackenstütze. Der Wassertank war schwenkbar in einem Doppelbügel aufgehängt, so daß seine Stellung zur Achse der absoluten Beschleunigung immer gleich blieb. Ein Beatmungsgerät war in den Tank eingebaut. Grimes saß auf dem Platz des Pflegers rechts vom Tank; auf der linken Seite war Baldur als eine Art Gegengewicht zu Grimes in einem waschkorbähnlichen Behälter festgeschnallt.

Grimes vergewisserte sich, daß alles in Ordnung war, dann rief er dem Piloten zu: »Starten Sie, wenn Sie fertig sind.«

»Alles klar.« Die Einstiegluke schloß sich selbsttätig. Zugleich zog sich die teleskopartige Zugangsröhre in den Eingang des Satellitenhauses zurück und gab das Fahrzeug frei. Sanft und mit unmerklicher Beschleunigung entfernten sie sich in Richtung zur Erde. Waldo schloß seine Augen mit Duldermiene.

Als Baldur die Schwere zu fühlen begann, fing er an zu winseln. Grimes beruhigte ihn. Aber nach einiger Zeit, als sie sich der Erde weiter näherten, nahm die absolute Beschleunigung notwendigerweise zu. Der Hund fühlte die ermüdende Schwere durch seinen Körper kriechen. Er verstand es nicht, und es gefiel ihm nicht; es entsetzte ihn. Er heulte.

Waldo öffnete seine Augen. »Gnädiger Gott!« stöhnte er. »Kannst du nicht etwas machen? Es hört sich an, als ob er im Sterben läge.«

»Ich werde sehen.« Grimes löste seinen Sicherheitsgurt, erhob sich vorsichtig, um das Gleichgewicht des Wassertanks nicht durch plötzliche Bewegungen zu stören. Er streichelte Baldurs Kopf und sprach beruhigend auf ihn ein. Als das Tier etwas besänftigt war, packte Grimes eine Handvoll Fell zwischen den Hundeschultern, stieß eine Spritze hinein und rieb die Stelle. »So, alter Freund. Jetzt wirst du dich gleich besser fühlen.«

Der Krankentransporter machte nur ein ruckartiges Manöver, nachdem er in die Atmosphäre eingetaucht war. Waldo und der Hund jammerten laut auf. »Privatmaschine«, schrie der Pilot zurück. »Hat sich nicht um meine Vorfahrtslichter gekümmert.« Er stieß etwas über Frauen am Steuer durch die Zähne.

»Es war nicht seine Schuld«, sagte Grimes zu Waldo. »Ich habe es gesehen.«

Der Pilot landete behutsam auf einer Wiese zwischen der Straße und Gramps Schneiders Hütte. Einige Männer warteten auf sie; unter Grimes' Aufsicht machten sie den Tank los und trugen Waldo ins Freie. Sie machten es langsam und sorgfältig, aber es ging nicht ohne einige Stöße und ungleichmäßige Bewegungen ab. Waldo ertrug sie mit stummer Tapferkeit. Draußen öffnete er die Augen und fragte: »Wo ist Baldur?«

»Ich habe ihn losgeschnallt«, sagte Grimes, »aber er ist in seinem Korb geblieben.«

Waldo rief mit heiserer Stimme: »Hier, Baldur! Komm zu mir, Junge.«

In der Maschine hörte der Hund die Stimme seines Herrn, hob seinen Kopf und stieß ein leises Bellen aus. Er fühlte noch immer diese schreckliche Übelkeit und Schwäche, aber in einem Versuch zu gehorchen, kroch er auf dem Bauch vorwärts zur Türöffnung. Dort machte er einen grotesken Versuch, sich in die Richtung abzustoßen, aus der Waldos Stimme gekommen war. Er versuchte die einzige Methode der Fortbewegung, die er kannte, und zweifellos erwartete er durch die Tür zu segeln und seinen Flug an dem Wassertank abzubremsen. Statt dessen fiel er eineinhalb Meter tief ins

Gras, winselte entsetzt und fing seinen Aufprall höchst ungeschickt mit steif ausgestreckten Vorderbeinen ab.

Er blieb auf dem Bauch liegen, wo er gelandet war, und versuchte sich nicht mehr zu bewegen. Er zitterte heftig.

Grimes ging hin und untersuchte ihn oberflächlich, dann kehrte er zu Waldo zurück. »Baldur hatte einen kleinen Unfall«, sagte er. »Er ist nicht verletzt, aber der arme Teufel weiß nicht, wie er gehen soll. Am besten lassen wir ihn hier zurück.«

Waldo schüttelte leicht den Kopf. »Ich möchte ihn bei mir haben. Laß ihn auf eine Bahre legen.«

Grimes ging mit zwei Männern zur Maschine, ließ sich vom Piloten eine Krankenbahre geben und stellte sie neben den Hund auf die Erde. Einer der Männer zögerte. »Ich weiß nicht, ob das ein Job für mich ist. Dieser Hund sieht bösartig aus. Man braucht bloß die Augen zu sehen, um es mit der Angst zu kriegen.«

»Er ist nicht bösartig«, versicherte Grimes. »Er fürchtet sich nur. Hier, ich werde seinen Kopf nehmen.«

»Was ist los mit ihm? Hat er die gleiche Krankheit wie der dicke Kerl?«

»Nein, er ist völlig gesund und kräftig; er hat einfach nie Gehen gelernt, das ist alles. Es ist seine erste Reise zur Erde.«

»Da will ich doch gleich eine schieläugige Eule sein!« staunte der Mann. »Was es nicht alles gibt!«

Sie legten Baldur auf die Bahre und trugen ihn neben Waldos Badewanne. Mit großer Anstrengung hob Waldo eine Hand und legte sie auf den Kopf der Kreatur. Der Hund leckte sie dankbar; sein Zittern war fast vergangen.

»Brav, brav!« wisperte Waldo. »Es ist ziemlich übel, nicht? Aber es dauert nicht lange, alter Freund, bald ist wieder alles gut.«

Baldurs Schweif klopfte auf die Bahre.

Vier Männer mußten Waldo tragen, zwei weitere schleppten Baldur. Gramps Schneider wartete in der Tür seines kleinen Hauses. Er sagte nichts, bedeutete den Männern aber, daß sie Waldo hineintragen sollten. Die Männer mit dem Hund zögerten. »Ihn auch«, sagte er.

Als die anderen sich zurückgezogen hatten — sogar Grimes kehrte zur Maschine zurück —, sagte Schneider: »Willkommen, Mr. Waldo Jones.«

»Ich danke Ihnen für Ihre Gastfreundschaft, Großvater Schneider.«

Der alte Mann nickte würdevoll. Er ging zu Baldurs Bahre und beugte sich über den Hund. Waldo wollte ihn warnen, daß der Hund für Fremde gefährlich sei, doch als er den Mund öffnete, sah er, daß er sich die Mühe sparen konnte.

Baldur hatte den Kopf gehoben und leckte Gramps Schneider die Hand. Waldo verspürte eine Anwandlung von Eifersucht; der Hund hatte noch nie ohne Waldos besondere Ermahnung einen Fremden an sich herangelassen. Dies war Untreue, ja, Verrat! Aber er sagte nichts und sah zu, wie Schneider den Hund untersuchte, ihn hier und dort befühlte, seine Beine streckte, die Lefzen hochzog und das Zahnfleisch begutachtete und schließlich die Augenlider des Hundes zurückschob. Dann ließ der alte Mann den Hund liegen und kam an Waldos Seite.

»Das Tier ist nicht krank«, sagte er. »Sein Verstand ist verwirrt. Wie ist es dazu gekommen?«

Waldo erzählte ihm von Baldurs ungewöhnlicher Lebensweise, und Gramps Schneider nickte dazu, wobei unklar blieb, ob er verstanden hatte oder nicht. Darauf wendete er seine Aufmerksamkeit Waldo zu. »Es ist nicht gut für einen jungen Mann, im Bett zu liegen. Wie lange sind Sie schon so schwach?«

»Mein ganzes Leben, Großvater.«

»Das ist nicht gut.« Schneider machte sich über ihn her, wie er sich zuvor über Baldur hergemacht hatte. Waldo, dessen Gefühl für persönliche Unantastbarkeit viel stärker entwickelt war als bei gewöhnlichen Menschen, ertrug die Untersuchung aus pragmatischen Erwägungen. Es war nötig, diesen sonderbaren alten Burschen mit Ehrerbietung und Bescheidenheit zu gewinnen.

Um sich selbst von der unwürdigen Behandlung abzulenken und mehr über den alten Quacksalber zu lernen, ließ Waldo seinen Blick durch den Raum schweifen. Es war eine schmale, aber ziemlich lange Wohnküche, vollgestopft mit allem möglichen Kram. Ein Kamin beherrschte eine Schmalseite, aber er war zugemauert, und das Abzugsrohr eines dickbäuchigen, altmodischen Eisenofens führte von der Seite hinein. Rechts vom Kamin stand ein Propan-Gasherd, und in der Ecke war ein ehemals weißlackierter Tisch, der offenbar als Anrichte diente. Nicht weit von diesem sah Waldo ein gußeisernes Spülbecken mit einer Handpumpe darüber.

Schneider war entweder älter, als er aussah, was kaum glaublich erschien, oder er hatte dieses Haus von jemandem erworben, der schon lange tot war.

Der Wohnteil des Raumes war in einer Unordnung, wie sie bei beengten Verhältnissen unvermeidbar ist. Bücher füllten mehrere Regale, waren am Boden und auf Stühlen gestapelt. Ein alter hölzerner Schreibtisch, mit weiteren Bücherstapeln und einem Wust von Papier überhäuft, trug eine längst veraltete mechanische Schreibmaschine. Darüber hing eine reichverzierte und in der Form eines spitzgiebeligen Hauses geschnitzte Uhr. Über dem Zifferblatt waren zwei kleine Türen; während Waldo sie anschaute, sprang ein winziger, leuchtendrot bemalter Vogel aus der linken Tür, flötete viermal »Twi-tü!« und sprang wieder in seine Öffnung zurück. Waldo fand, daß er gern eine solche Uhr hätte. Natürlich würde der von Pendel und Gewichten in Gang gehaltene Mechanismus in seinem Satellitenhaus nicht funktionieren, aber er konnte leicht eine Art Zentrifugengehäuse für die Uhr konstruieren, in dem normale Schwerkraft herrschte. Es kam ihm nicht in den Sinn, die Pendelbewegung durch irgendeine verborgene Energiequelle zu erzeugen; ihm gefiel es, wenn ein Mechanismus in der ihm gemäßen Art und Weise funktionierte.

Links neben der Kuckucksuhr hing ein altmodischer Dauerkalender, bei dem man die Daten und Wochentage und Monate durch Drehknöpfe an den Seiten veränderte. Der obere Teil des Kalenders zeigte hinter Glas einen Ozeandampfer, die Silhouette von New York und die Anschrift »Weltausstellung New York 1939«.

Schneider mußte uralt sein.

Ein schmaler Durchgang führte in einen Nebenraum. Waldo konnte nicht gut hineinsehen; ein Kettenvorhang aus vielen Strängen bunter Glasperlen ließ nicht mehr erkennen, als daß der andere Raum klein sein mußte.

Die Luft war mit Gerüchen geschwängert, aber nicht unangenehm. Ein etwas abgestanden-muffiger Duft von Kräutern herrschte vor.

Gramps Schneider richtete sich auf und blickte auf Waldo herab. »Ihrem Körper fehlt nichts. Stehen Sie auf und gehen Sie.«

Waldo schüttelte schwach seinen Kopf. »Es tut mir leid, Großvater. Ich kann nicht.«

»Sie müssen nach der Kraft greifen und sie sich dienstbar machen. Versuchen Sie es.«

»Es tut mir leid. Ich weiß nicht, wie.«

»Das ist die einzige Schwierigkeit. Alle Dinge sind zweifelhaft, solange man nicht weiß. Sie müssen in die Andere Welt greifen und Ihre Kraft fordern.«

»Wo ist diese ›Andere Welt‹, Großvater?«

Schneider schien ein wenig im Zweifel zu sein, ob er dies beantworten solle. »Die Andere Welt«, sagte er nach kurzem Zaudern, »ist die Welt, die man nicht sieht. Sie ist hier, sie ist dort, und sie ist überall. Aber sie ist besonders hier.« Er berührte seine Stirn mit vier knotigen Fingern. »Der Verstand sitzt in ihr und schickt seine Botschaften an den Körper. Warten Sie.« Er schlurfte an einen kleinen Hängeschrank und entnahm ihm einen Salbentopf. Etwas vom Inhalt verrieb er zwischen seinen Händen, kehrte dann zu Waldo zurück und kniete neben ihm nieder. Er nahm Waldos Linke und knetete sie sehr sanft mit beiden Händen. »Lassen Sie den Geist ruhen«, befahl er. »Fühlen Sie nach der Kraft. Die Andere Welt ist nahe und voll Kraft. Man muß sie erfühlen.«

Waldos müde Muskeln empfanden die Massage als sehr angenehm. Die Salbe oder die Hände des alten Mannes riefen ein warmes, entspannendes Prickeln hervor. Wenn er jünger wäre, dachte Waldo, würde ich ihn als Masseur anstellen. Er hat eine magnetische Berührung.

Schneider stand wieder auf und sagte: »Da — das macht es besser, ja? Nun ruhen Sie sich aus, während ich Kaffee mache.«

Waldo legte den Kopf zufrieden auf das Polster zurück. Er war sehr müde. Nicht nur die Reise war eine nervöse Anstrengung gewesen, auch der Aufenthalt in diesem verdammten Schwerefeld machte ihm zu schaffen. Er klebte darin fest wie die Fliege im Honig. Gramps Schneiders Behandlung hatte ihn entspannt und schläfrig gemacht.

Er mußte eingenickt sein, denn seine letzte Erinnerung war, daß Gramps Schneider eine Eierschale in den Kaffeetopf getan hatte. Nun stand der alte Mann vor ihm, hielt den Topf in einer Hand und eine dampfende Tasse in der anderen. Er stellte sie ab, holte drei Kissen und schob sie Waldo hinter den Nacken. Dann reichte er ihm den Kaffee. Waldo hob mühsam beide Hände, um die Tasse entgegenzunehmen.

Schneider verweigerte sie ihm. »Nein«, sagte er tadelnd, »eine Hand reicht aus. Tun Sie, wie ich Ihnen sagte. Greifen Sie in die Andere Welt, nehmen Sie sich die Kraft.« Er führte Waldos rechte Hand an den Griff der Tasse, unterstützte sie und begann mit seiner freien Hand über Waldos rechten Arm zu streichen, von der Schulter bis zu den Fingerspitzen. Wieder fühlte Waldo das warme Prickeln.

Er war verblüfft, als er auf einmal sah, daß er die Tasse allein und mit nur einer Hand hielt. Es war ein Triumph; bevor er vor siebzehn Jahren die Erde verlassen hatte, war es seine Gewohnheit gewesen, niemals etwas mit nur einer Hand zu greifen. In seinem Satellitenhaus hatte er natürlich oft einhändig hantiert, wenn die Gelegenheit es erforderte. Die vielen Jahre der Praxis mußten seine Muskelkontrolle verbessert haben. Ausgezeichnet!

Er trank die Tasse im Hochgefühl neuer Selbstzufriedenheit leer, ohne etwas zu verschütten. Der Kaffee war gut, mindestens so gut wie der zu Hause, für den er den besten und teuersten Extrakt verwendete — vielleicht sogar besser.

Als Schneider ihm Streuselkuchen anbot, nahm er prahlerisch ein Stück mit der linken Hand, ohne die aufgefüllte Tasse in seiner Rechten wegzustellen.

Die Gelegenheit des Kaffeeklatsches erschien ihm günstig, und so brachte er die Sache mit den Triebwerken zur Sprache. Schneider erinnerte sich noch recht deutlich an McLeods Besuch.

»Hugh Donald ist ein guter Junge«, sagte er. »Ich mag keine Maschinen, aber es macht mir Freude, den Jungen Sachen zu reparieren.«

»Großvater«, fragte Waldo, »wollen Sie mir sagen, wie Sie Hugh Donald McLeods Maschine repariert haben?«

»Haben Sie eine solche Maschine, die ich raparieren soll?«

»Ich habe viele Maschinen dieser Art, und ich habe eingewilligt, sie in Ordnung zu bringen, aber ich muß Ihnen sagen, daß es mir nicht gelungen ist. Ich bin zu Ihnen gekommen, um die richtige Methode zu lernen.«

Schneider dachte darüber nach. »Das ist schwierig. Ich könnte es Ihnen zeigen, aber es kommt nicht so sehr darauf an, was Sie tun, sondern wie Sie darüber denken. Dazu braucht man Übung.«

Waldo schaute ihn verdutzt an, und der alte Mann fügte hinzu: »Es heißt, daß man alles von zwei Seiten ansehen kann. Das ist zugleich wahr und weniger als wahr, denn es gibt viele Möglichkeiten, etwas anzusehen. Einige von ihnen sind gut und nützlich, andere sind schlecht. Einer von den Alten sagte, daß alles entweder ist, oder nicht ist. Das ist weniger als wahr, denn ein Ding kann sowohl sein als auch nicht sein. Mit Übung kann man es so und auch so sehen. Manchmal ist ein Ding, das für diese Welt ist, ein Ding, das nicht für die andere Welt ist. Was wichtig ist, da wir in der Anderen Welt leben.«

»Wir leben in der Anderen Welt?«

»Wie sonst könnten wir leben? Der Geist — nicht das Gehirn, aber der Verstand — ist in der Anderen Welt und erreicht diese Welt durch den Körper. Das ist eine Möglichkeit, es zu sehen, obwohl es noch andere gibt.«

»Gibt es mehr als eine Möglichkeit, einen Triebwerksempfänger anzusehen?«

»Gewiß.«

»Wenn ich einen Satz, der nicht richtig funktioniert, hier hereinbrächte, würden Sie mir zeigen, wie ich ihn sehen muß?«

»Das ist nicht nötig«, sagte Gramps Schneider, »und ich habe nicht gern Maschinen in meinem Haus. Ich werde Ihnen ein Bild zeichnen.« Schneider holte Bleistift und Papier und fertigte eine sorgfältige und sehr geschickte Skizze des Antennenbündels, des Empfängers und der Triebwerksachse an. Die Skizze war auch ziemlich genau, obwohl mehrere Details fehlten.

»Diese Finger«, erläuterte Schneider, »reichen tief in die Andere Welt, um ihre Kraft zu beziehen. Sie geht dann in diese Säule hinein« — er zeigte auf die Achse —, »wo sie für die Bewegung des Fahrzeugs gebraucht wird.«

Eine ziemlich allegorische Erklärung, dachte Waldo. Wenn man unter der »Anderen Welt« einfach den hypothetischen Äther verstand, konnte sie als korrekt angesehen werden . Aber sie sagte ihm nichts. »Hugh Donald«, fuhr Schneider fort, »war müde und bekümmert. Er fand eine der schlechten Wahrheiten.«

»Sie meinen«, sagte Waldo langsam, »daß McLeods Maschine versagte, weil er sich Sorgen darüber machte?«

»Warum sonst?«

Waldo war nicht auf eine Antwort vorbereitet. Seine Vermutung, daß der alte Mann einem wunderlichen Aberglauben anhing, schien sich zu bestätigen; trotzdem war dieser kauzige Bursche vielleicht in der Lage, Waldo zu zeigen, was zu tun war, wenn er auch nicht wußte, warum. »Und was veränderten Sie an der Maschine?«

»Ich veränderte nichts; ich suchte nach der anderen Wahrheit.«

»Aber wie? Wir sahen ein paar Kreidestriche . . .«

»Die? Sie sollten mir nur helfen, meine Aufmerksamkeit in die geeignete Richtung zu lenken. Ich zog sie und dachte dabei, wie die Finger sich alle nach der Energie ausstreckten. Und so taten sie es.«

»Das ist alles? Nichts sonst?«

»Das ist genug.«

Entweder, dachte Waldo, wußte der alte Mann nicht, wie er die Reparatur bewerkstelligt hatte, oder er hatte überhaupt nichts damit zu tun gehabt, und das plötzliche Funktionieren war ein blinder und erstaunlicher Zufall gewesen.

Er hatte die leere Tasse auf den Rand des Wassertanks gestellt, so daß seine Finger sie bloß zu stützen brauchten. In seinen Gedanken paßte er nicht genügend auf; sie entglitt seinen müden Fingern, fiel und zerschellte am Boden.

Er war sehr bekümmert. »Oh, verzeihen Sie, Großvater. Ich werde Ihnen eine neue schicken.«

»Nicht wichtig. Ich werde sie zusammenkleben.« Schneider sammelte die Bruchstücke sorgsam auf und legte sie auf einen Tisch. »Sie sind ermüdet«, meinte er dann. »Das ist nicht gut. So verlieren Sie, was Sie gewonnen haben. Gehen Sie nun zu Ihrem Haus zurück, und wenn Sie ausgeruht haben, können Sie für sich allein üben, nach der Kraft zu greifen.«

Waldo fand, daß es eine gute Idee sei; er begann sehr müde zu werden, und außerdem war ihm klar, daß er von dem freundlichen alten Schwindler nichts Spezifisches lernen konnte. Er versprach emphatisch und völlig unaufrichtig, daß er üben werde »nach der Kraft zu greifen«, und bat Schneider, die Träger hereinzurufen.

Die Rückreise verlief ohne Zwischenfälle. Waldo war zu müde, um gewisse unvermeidliche Unbequemlichkeiten zu bejammern. Die Situation glich einem Unentschieden. Maschinen, die nicht arbeiteten, aber sollten, und solche die arbeiteten, aber in einer ganz unmöglichen Weise. Und außer einem abergläubischen, komischen alten Kauz niemand, an den man sich wenden konnte.

Waldo arbeitete einige Tage mehr oder weniger ziellos weiter. Die zwei »verhexten« Triebwerke arbeiteten weiterhin, wann immer sie aktiviert wurden, mit den gleichen seltsamen und unglaublichen Eigenbewegungen der Antennen. Andere Triebwerke, die ihm in funktionsunfähigem Zustand zur Prüfung geschickt worden waren, verweigerten noch immer ihren Dienst. Wieder andere, die noch nicht versagt hatten, arbeiteten störungsfrei und ohne unerklärliche Nebenerscheinungen.

Zum soundsovielten Male nahm er sich Gramps Schneiders kleine Skizze vor und studierte sie. Es gab, dachte er, nur noch eine Möglichkeit: noch einmal zur Erde zurückzukehren und darauf zu bestehen, daß Schneider in seiner Gegenwart tat, was immer nötig gewesen war, um die Triebwerke in Gang zu bringen. Er hätte gleich darauf drängen sollen, aber die Erdschwere hatte ihm so zugesetzt, daß er nicht auf der Höhe der Geistesgegenwart gewesen war.

Er ließ sich sanft zu einem der arbeitsunwilligen Triebwerke schweben. Er betrachtete es und dachte über das nach, was Gramps Schneider gesagt hatte. Als eine Viertelstunde später ein Anruf kam, war er noch tief in Gedanken versunken.

Es war Stevens.

»Hallo, Mr. Jones. Ah, wir dachten uns ... das heißt, wir hofften ...«

»Nun reden Sie schon, Mann!«

»Sind Sie einer Lösung schon nähergekommen?« platzte Stevens heraus. »Die Sache wird allmählich dringend.«

»Wieso?«

»Letzte Nacht kam es zu einem teilweisen Zusammenbruch der Energieversorgung von Groß-New York. Zum Glück passierte es nicht in einer Zeit des Spitzenverbrauchs, und die Techniker konnten Ersatzaggregate installieren, bevor die Reserven erschöpft waren, aber Sie können sich vorstellen, wie es am frühen Abend oder zur Hauptverkehrszeit gewesen wäre. In meiner eigenen Abteilung sieht es nicht besser aus. Die Zahl der Abstürze und Notlandungen hat sich in den letzten Wochen verdoppelt, und unsere Versicherer haben die Verträge gekündigt. Wir brauchen bald Resultate.«

»Sie werden Ihre Resultate bekommen«, sagte Waldo von oben herab. »Ich befinde mich im Endstadium meiner Untersuchung.«

Tatsächlich war er weniger zuversichtlich, aber gerade in dieser verzwickten Situation fühlte er sich von Stevens' Drängelei gereizt.

Zweifel und Hoffnung mischten sich in Stevens' Miene. »Könnten Sie uns vielleicht eine Andeutung der zu erwartenden Lösung geben?«

Nein, das konnte Waldo nicht. Aber er sagte: »Ich will es Ihnen verraten, Mr. Stevens. Kommen Sie näher ans Aufnahmegerät heran.« Er selbst beugte sich gleichfalls vor, bis sie — jeder an seinem Bildschirm — beinahe Nase an Nase standen. »Magie beherrscht die Welt!«

Sofort unterbrach er die Verbindung.

Unten in seinem Werksbüro starrte Stevens verblüfft auf den leeren Bildschirm.

»Was ist los, Jim?« fragte McLeod.

»Ich weiß es nicht. Ich weiß es wirklich nicht. Aber ich glaube, beim Dicken da oben ist eine Schraube locker, genau wie bei Rambeau.«

McLeod grinste erfreut. »Wie schön! Ich dachte immer, daß er mal überschnappen würde.«

»Du solltest lieber beten, daß er nicht übergeschnappt ist«, erwiderte Stevens nüchtern. »Wir hängen von ihm ab.«

Magie in der Welt, sann Waldo vor seinem toten Bildschirm. Kausalität über den Haufen geworfen. Sakrosankte physikalische Gesetze nicht länger gültig. Magie. Wie Gramps Schneider es ausgedrückt hatte, alles schien darauf anzukommen, wie man es ansah.

Offenbar hatte Schneider gewußt, wovon er geredet hatte, obwohl er natürlich kein wirkliches Verständnis der physikalischen Theorien besaß, deren praktische Anwendung die Strahlungsenergie-Triebwerke waren.

Moment! Vielleicht hatte er dieses Problem falsch angefaßt. Er hatte sich ihm von einem bestimmten Standpunkt aus genähert, einem Standpunkt, der ihn gegen die Feststellungen des alten Mannes kritisch und voreingenommen gemacht hatte. War er nicht mit der Überzeugung hingegangen, daß er, Waldo, mehr über die ganze Geschichte wisse als Schneider? Hatte er Schneider nicht als einen hinterwäldlerischen Quacksalber und Spinner angesehen, einen Mann, der möglicherweise eine nützliche Information liefern könnte, im Grunde aber ein abergläubischer Ignorant war?

Er machte sich daran, seine ganze Position neu zu durchdenken.

Schneider hatte immer wieder den Ausdruck »die Andere Welt« gebraucht. Was bedeutete das, buchstäblich? Eine »Welt« war ein Raum-Zeit-Energie-Kontinuum; eine »Andere Welt« war darum ein solches Kontinuum, aber verschieden von dem, in dem er sich befand. Die physikalische Theorie konnte in einer solchen Vorstellung nichts Abstoßendes finden; die Möglichkeit einer unbegrenzten Zahl von Kontinua war eine vertraute, sogar orthodoxe Spekulation.

Hatte Gramps Schneider das gemeint? Eine buchstäblich physische »Andere Welt«? Waldo kam mehr und mehr zu der Überzeugung, daß der Alte genau das gemeint haben mußte, wenn er auch keine konventionelle wissenschaftliche Phraseologie gebraucht hatte. »Andere Welt« klang poetisch, aber wenn man es durch »zusätzliches Kontinuum« ersetzte, legte es eine physikalische Bedeutung nahe.

Schneider hatte gesagt, daß die Andere Welt überall sei, hier, dort und an allen anderen Orten. Nun, war das keine deutliche Beschreibung eines überlagernden, korrespondierenden Raumes? Und dieser andere Raum war nicht völlig unerreichbar; Schneider hatte davon gesprochen, hineinzureichen. Die Idee war phantastisch, doch er mußte sie für den Zweck dieser Nachforschung akzeptieren. Schneider hatte ferner angedeutet — nein, festgestellt, daß es eine Sache der geistigen Betrachtungsweise war.

War das wirklich so phantastisch? Wenn ein Kontinuum eine unmeßbar kleine Distanz entfernt, doch völlig außerhalb der physikalischen Reichweite eines Menschen war, würde es dann seltsam sein, zu finden, daß es durch eine subtile und wahrscheinlich unterbewußte Tätigkeit des Gehirns leicht erreicht werden konnte? Kein Mensch hatte eine wirklich reale Vorstellung davon, wie das Gehirn arbeitet; eine weitere unerklärliche Fähigkeit des Gehirns war nicht allzu schwer zu schlucken.

Überlegte man es sich genauer, war die ganze Vorstellung von Bewußtsein und Denken phantastisch unwahrscheinlich.

Also hatte McLeod seine Maschine selbst unbrauchbar gemacht, indem er schlechte oder falsche Gedanken dachte; Gramps Schneider hatte sie repariert, indem er die richtigen Gedanken dachte. Was ergab sich daraus?

Er kam beinahe sofort zu einer vorläufigen Schlußfolgerung: Auch die anderen Fälle von Triebwerksversagen waren wahrscheinlich nichts als ein Versagen der betreffenden Piloten. Diese Männer waren vermutlich überarbeitet, übermüdet, machten sich Sorgen über etwas, und in irgendeiner noch unklaren Weise infizierten oder beeinflußten sie die Triebwerke mit ihren eigenen Schwierigkeiten. Bequemlichkeitshalber könnte man sagen, daß die Triebwerke in die Andere Welt kurzgeschlossen waren. Eine armselige Terminologie, aber sie half ihm, ein Bild zu vollenden.

Grimes' Hypothese! Abgearbeitet, übermüdet, bekümmert über etwas! Es war noch nicht bewiesen, aber Grimes war seiner Sache sicher. Die Unfallhäufung durch Triebwerksausfälle war einfach ein Teilaspekt der allgemeinen Myasthenie, verursacht von ultrakurzwelliger Energiestrahlung.

Wenn sich das bewahrheitete . . .

Er stellte eine Verbindung mit Stevens her.

»Mr. Stevens«, begann er sofort, »es gibt eine vorläufige Schutzmaßnahme, die augenblicklich eingeführt werden sollte.«

»Ja?«

»Zuerst eine Frage: Haben Sie viele Fälle von Triebwerksversagen bei Privatmaschinen festgestellt? Wie ist das Verhältnis zum kommerziellen Luftverkehr?«

»Ich kann Ihnen im Moment keine genauen Zahlen geben«, antwortete Stevens, ein wenig verwirrt, »aber soweit ich unterrichtet bin, hat es praktisch keine derartigen Fälle gegeben. Die kommerziellen Liniendienste sind es, die gelitten haben.«

»Wie ich vermutete. Ein privater Pilot fliegt nicht, wenn er sich müde und abgeschlagen fühlt, aber ein Mann, der seine Arbeit zu tun hat, kann keine Rücksicht auf sein Wohlbefinden nehmen. Treffen Sie Vorkehrungen für besondere physiologische und psychologische Untersuchungen aller kommerziellen Piloten, die Maschinen mit Strahlungsenergie-Triebwerken fliegen. Lassen Sie keinen starten, der sich nicht in Form fühlt. Rufen Sie Doktor Grimes an. Er wird Ihnen sagen, worauf es bei den Untersuchungen ankommt.«

»Das ist schwierig zu bewerkstelligen, Mr. Jones. Schließlich sind die meisten dieser Piloten nicht unsere Angestellten. Wir haben kaum Einfluß auf sie.«

»Das ist Ihr Problem«, sagte Waldo. »Ich versuche Ihnen nur zu sagen, wie Sie die Zahl der Unfälle verringern können, bis ich eine vollkommene Lösung biete.«

»Aber . . .«

Waldo hörte den Rest des Einwands nicht mehr; er hatte ausgeschaltet, als er ausgeredet hatte. Er war bereits dabei, eine neue Verbindung herzustellen — mit seinem irdischen Geschäftsbüro. Den Leuten dort erteilte er einige sehr sonderbare Instruktionen. Bestellungen über Bücher, alte Bücher, seltene Bücher. Bücher über Magie.

Grimes hörte sich die Geschichte ohne Kommentar an. Als Stevens geendet hatte, sagte er: »Waldo muß sich auf die Symptome beziehen, die ich im Zusammenhang mit ultrakurzwelliger Energiestrahlung beobachtet habe. Ich kann ein Schema für die Untersuchungen ausarbeiten; das ist einfach.«

Die Information befriedigte Stevens nicht ganz, aber er sagte nichts. Grimes fuhr fort: »Was die andere Sache angeht, Jim, so kann ich mir nicht vorstellen, daß Waldo den Verstand verloren haben sollte.«

»Er kam mir nie sehr stabil vor.«

»Ich weiß, was du meinst. Aber seine paranoide Ader ist nicht ausgeprägt. Tatsächlich ist sie für ihn sogar ganz gut; eine Psychose schützt vor der anderen. Aber ich werde ihn unter die Lupe nehmen .«

»Das ist gut!«

»Heute kann ich nicht. Ich habe eine Menge Krankenbesuche zu machen. Aber zum Wochenende müßte es sich einrichten lassen.«

»Doc, warum gibst du deine Praxis nicht auf? Die Arbeit muß dir über den Kopf wachsen. Du könntest in den Ruhestand treten und dich deinen Forschungen widmen . . .«

»So dachte ich manchmal, als ich jünger war. Aber vor ungefähr dreißig Jahren hörte ich auf, Krankheiten zu behandeln, und fing an, Menschen zu behandeln. Seitdem macht es mir Freude.«

Waldo stürzte sich in eine Leseorgie und verschlang die Traktate über Magie und verwandte Themen, so rasch er konnte. Nie zuvor hatte er sich für solche Dinge interessiert; nun, als er über sie mit der Erwartung las, daß er vielleicht etwas lernen könnte, fand er sie äußerst interessant.

Hinweise auf eine andere Welt waren häufig; manchmal

wurde sie die Andere Welt genannt, manchmal die Kleine Welt. Mit der Überzeugung gelesen, daß diese Bezeichnungen nur Umschreibungen für ein tatsächliches, materielles, verschiedenes Kontinuum waren, ließ sich unschwer ausmachen, daß viele Praktiker der verbotenen Künste einen dem Wesen nach identischen Standpunkt eingenommen hatten. Sie gaben Hinweise für die Nutzbarmachung dieser Anderen Welt; zuweilen waren sie nüchtern und praktisch.

Es war offenbar, daß wenigstens neunzig Prozent aller Magie aus Geschwätz und reiner Mystifikation bestand. Sogar die Praktiker waren oft genug Opfer der Mystifikation, fand er; es fehlte ihnen die wissenschaftliche Methodik; sie gebrauchten eine einwertige Logik, die ebenso fehlerhaft war wie die zweiwertige Logik des veralteten Spencerschen Determinismus; es fand sich keine Andeutung der modernen, extensiven, vielwertigen Logik.

Trotz allen Unsinns und aller Begriffsverwirrung einer Magie, die direkt der Vorstellungswelt des Mittelalters verhaftet war, konnten sich die Errungenschaften dieser »Schwarzen Kunst« durchaus sehen lassen. Ihre Bemühungen führten zur Entdeckung vieler bis dahin unbekannter Heilmittel, wie etwa dem Chinin, man begann Hypnose und Telepathie zu untersuchen, und aus der Alchimie entwickelte sich die Chemie, wie überhaupt die meisten modernen Wissenschaften ihren Ursprung den Magiern verdankten.

Unglücklicherweise wurde später jener Teil der Magie, der sich nicht in die säuberlichen Kategorien der Methodologen des neunzehnten Jahrhunderts einordnen ließ, kurzerhand abgetrennt und aus dem Rahmen der Wissenschaft verbannt. Er verfiel der Unglaubwürdigkeit.

Waldo begann von den Geheimlehren als verkümmerten Wissenschaften zu denken, aufgegeben, bevor sie entwickelt und geklärt werden konnten.

Der Andere Raum mochte anderen physikalischen Gesetzen unterliegen – es gab keinen Grund, der dagegen sprach. Nichtsdestoweniger beschloß Waldo von der Annahme auszugehen, daß er der ihm bekannten Wirklichkeit ähnelte.

Die Andere Welt mochte sogar bewohnt sein. Das war ein faszinierender Gedanke! In diesem Fall wäre durch »Magie« alles möglich. Alles!

Aber es war an der Zeit, mit den Spekulationen aufzuhören und praktische Forschungen zu beginnen. Er hatte den Versuch, einfach die Formeln der mittelalterlichen Magier anzuwenden, mit Bedauern aufgeben müssen. Es hatte den Anschein, daß sie niemals die Gesamtheit einer Prozedur niederschrieben; einige wesentliche Bestandteile — so lauteten verschiedene alte Berichte, und bestätigte seine Erfahrung — wurden mündlich vom Meister an den Lehrling weitergegeben.. Es gab Dinge, Einstellungen, die notwendigerweise direkt gelehrt werden mußten.

Er machte sich daran, ohne fremde Hilfe zu lernen, was er lernen mußte.

»Hallo, Onkel Gus! Es freut mich, dich zu sehen!«

»Ich dachte mir, ich sollte mal vorbeischauen. Seit Wochen hast du mich nicht mehr angerufen.«

»Das ist wahr. Ich habe hart gearbeitet, Onkel Gus.«

»Zu hart, vielleicht. Du mußt es nicht übertreiben. Laß mich deine Zunge sehen.«

»Es fehlt mir nichts.« Aber Waldo streckte seine Zunge trotzdem heraus. Grimes betrachtete sie und fühlte ihm den Puls.

»Du scheinst wirklich gesund zu sein. Hast du schon Fortschritte gemacht?«

»Ich bin zufrieden. Die Sache mit den Triebwerken ist so gut wie geklärt.«

»Sehr schön. Was du Stevens sagtest, schien anzudeuten, daß du einer Lösung auf der Spur bist, die auch für mein Problem brauchbar ist.«

»In einer Weise, ja; aber andersherum. Es sieht so aus, als sei es dein Problem, das zu Stevens' Problem führt.«

»Wie bitte?«

»Ja. Die von der Strahlung erzeugten Symptome können eine Menge mit dem absonderlichen Verhalten der Triebwerke zu tun gehabt haben.«

»Wie?«

»Ich weiß es selber noch nicht. Aber ich habe eine Arbeitshypothese aufgestellt, die ich jetzt untersuche.« Und Waldo erzählte, was er seit seinem Besuch bei Gramps Schneider gelernt und getan hatte. Als er berichtete, daß er den dritten defekten Triebwerkssatz mit dem unglaublichen Phänomen infiziert hatte, war Grimes verblüfft. »Willst du damit sagen, daß du herausgebracht hast, wie man diesen Trick ausführt?«

»Genau. Nicht ›wie‹, vielleicht, aber ich kann es machen. Ich habe es mehr als einmal geschafft. Ich werde es dir zeigen.«

Er schwebte in einen Teil seiner großen Werkstatt, wo mehrere große und kleine Triebwerkssätze mit ihren Empfangs- und Steuerungsaggregaten in einer Reihe auf Aluminiumschienen montiert waren.

»Dieser Vogel hier kam heute erst herein. Defekt. Ich werde ihm Gramps Schneiders Hokuspokus geben. Warte einen Moment; ich muß die Energie einschalten.»

Er kehrte zu seiner Schaltzentrale zurück und aktivierte den Energiestrahler. Weil das Satellitenhaus gegen äußere Strahleneinwirkung abgeschirmt war, hatte er eine kleine Kraftanlage zur Erzeugung von Strahlungsenergie eingerichtet, ohne sie wäre es ihm nicht möglich gewesen, die Triebwerke zu testen.

Er kam wieder zu Grimes und bewegte sich langsam die Reihe der Triebwerke entlang, schaltete eins nach dem anderen auf Empfang. Alle bis auf zwei begannen sofort die absurden Antennenbewegungen zur Schau zu stellen, die Waldo in seiner Terminologie als Schneidereffekt bezeichnete.

»Das letzte Triebwerk in der Reihe«, erläuterte Waldo, »ist in Betrieb, zeigt aber kein Antennengeringel. Es hat noch nie versagt, also brauchte ich es nicht zu behandeln. Es dient sozusagen als mein Kontrollgerät. Aber dieses hier muß gerichtet werden.« Er legte seine Hand auf das vorletzte Triebwerk. »Paß auf.«

»Was willst du machen?«

»Um die Wahrheit zu sagen, ich weiß es nicht. Aber ich werde es schaffen.«

Er wußte es wirklich nicht. Er wußte nur, daß es nötig war, Geist und Auge ganz auf die Antenne zu konzentrieren und daran zu denken, wie sie in die Andere Welt reichte, sich nach der Kraft ausstreckte, zugriff . . .

Das Antennenbündel geriet in Bewegung, fing an zu zukken, sich zu krümmen und zu ringeln.

»Mehr ist nicht dabei — unter uns gesagt. Ich habe es von Schneider gelernt.«

»Wie erklärst du es dir?«

»Ich betrachte es als ein unvollkommen verstandenes Phänomen des Anderen Raums. Ich weiß weniger darüber als Franklin über Blitze wußte. Aber ich werde es wissen — ich werde! Ich könnte Stevens schon jetzt eine Lösung für sein Problem geben, wenn ich wüßte, wie ich an dein Problem herankommen könnte.«

»Ich sehe da keine Verbindung.«

»Es müßte eine Möglichkeit geben, den Anderen Raum einzuschalten. Das heißt, man müßte damit anfangen, die Energie in den Anderen Raum auszustrahlen und von dort wieder aufzufangen. Dann könnte die Strahlung dem Menschen keinen Schaden tun; sie würde ihn umgehen, verstehst du? Ich arbeite an einer technisch denkbaren Lösung, aber bisher ohne Erfolg. Mit der Zeit werde ich die Nuß knacken.«

»Ich hoffe es. Aber diese Sache mit dem ›Anderen Raum‹ — ich verstehe das noch immer nicht.«

»Du mußt dir ein anderes Kontinuum vorstellen, ganz ähnlich wie dein eigenes und dieses in einer Art überlagernd wie ein Blatt Papier das andere. Die beiden Räume sind nicht miteinander identisch, aber es trennt sie nur der geringste denkbare Abstand. Die beiden Räume korrespondieren genau miteinander, wie ich es sehe, aber sie haben nicht notwendigerweise die gleiche Form und Größe.«

»Was? Wenn sie miteinander korrespondieren, wie du sagst, müßten sie in Form und Größe gleich sein.«

»Gar nicht. Stell dir zwei Linien vor, einen Zentimeter und einen Kilometer lang. Welche hat die größere Zahl von Punkten in sich enthalten?«

»Die kilometerlange Linie, natürlich.«

»Nein. Sie haben genau die gleiche Anzahl von Punkten. Soll ich es dir beweisen?«

»Ich nehme dein Wort dafür. Aber diese Art Mathematik habe ich nie studiert.«

»Nun gut. Weder abweichende Größe noch Form ist ein Hindernis für eine vollkommene, Punkt für Punkt genaue Korrespondenz zwischen zwei Räumen. Die Worte sind natürlich ungeeignet. Unsere Erfahrung zieht uns Grenzen. Weißt du, wie ich mir die Andere Welt vorstelle? Ich denke sie mir von der Größe und Form eines Straußeneies, aber nichtsdestoweniger als ein ganzes Universum, das Seite an Seite mit unserem eigenen existiert, von hier bis zum fernsten Stern. Ich weiß, daß es ein falsches Bild ist, aber es hilft mir, wenn ich es mir so vorstelle.«

»Das kann ich nicht beurteilen«, sagte Grimes. »Sag mal, hast du den Energiestrahler abgeschaltet?«

»Doch, das habe ich«, sagte Waldo und blickte in dieselbe Richtung wie Grimes. Die Triebwerksantennen wanden sich noch immer. »Ich dachte, ich hätte es getan«, korrigierte er sich und kehrte zum Schaltpult zurück. Seine Augen weiteten sich. »Ich habe es getan! Die Strahlung ist ausgeschaltet!«

»Was, zum Teufel, hat das . . .«

»Sei still!« Er mußte nachdenken — scharf nachdenken. War die Kraftanlage tatsächlich ausgeschaltet? Er schwebte hinüber und überprüfte sie. Ja, sie war tot, tot wie die Saurier. Um ganz sicherzugehen, löste er ein paar Kontakte. Aber die Antennen spielten weiterhin ihr verrücktes Spiel.

Das eine Triebwerk, das der Schneiderschen Behandlung

nicht unterzogen worden war, stand still und summte nicht. Aber die anderen arbeiteten auf Hochtouren, nahmen offensichtlich Energie auf — von wo? ›Die Andere Welt ist nahe und voller Kraft‹, hatte Gramps Schneider gesagt . . . Trotz seiner Absicht, die Erklärungen des alten Mannes buchstäblich zu nehmen, hatte er diesen Satz bisher ignoriert!

»Sieht so aus, als hättest du das Perpetuum mobile erfunden, Junge«, sagte Doc Grimes.

»In einer Weise, vielleicht«, sagte Waldo nachdenklich. »Oder vielleicht haben wir das Gesetz von der Erhaltung der Energie aufgehoben. Diese Triebwerke laufen mit Energie, die nie zuvor in dieser Welt war!«

»Hm-mh!«

Um seine Idee zu überprüfen, kehrte Waldo ans Schaltpult zurück, schaltete einen Strahlungsmesser ein und begann die Umgebung der laufenden Triebwerke mit dem empfindlichen Gerät abzusuchen. Die Anzeigennadeln zeigten nicht den geringsten Ausschlag. In den Wellenlängen, auf denen die Triebwerke empfingen, war der Raum absolut tot. Die Energie kam aus dem Anderen Raum. Nicht aus seinem eigenen Generator, nicht aus den schimmernden Kraftstationen der North American Power-Air, sondern aus dem Anderen Raum. In diesem Fall war er nicht einmal nahe daran, das Problem der defekten Triebwerke zu lösen; womöglich würde es ihm nie gelingen. Aber Moment — wozu hatte er sich vertraglich verpflichtet? Er versuchte sich an den genauen Wortlaut des Vertrags zu erinnern.

Es mochte einen Ausweg geben. Vielleicht. Ja, und dieser neueste verrückte Trick von Gramps Schneiders kleinen Lieblingen eröffnete einige Möglichkeiten, aber er mußte darüber nachdenken.

»Onkel Gus . . .«

»Ja?«

»Du kannst zurückfliegen und Stevens sagen, daß wir sein Problem lösen können, und deins dazu. Ich werde mich bald bei ihm melden. In der Zwischenzeit muß ich noch viel überlegen und tun, also wäre ich dir dankbar, wenn du mich allein lassen würdest, bitte.«

»Kommen Sie herein, Mr. Gleason. Still, Baldur! Guten Tag, Mr. Stevens.«

»Dies«, sagte Gleason, auf einen langen, schlaksigen Begleiter zeigend, »ist Mr. Harkness, unser Justitiar und Leiter der Rechtsabteilung.«

»Ah, ja, richtig. Angelegenheiten des Vertrags stehen zur Diskussion. Willkommen, Mr. Harkness.«

»Danke«, sagte Harkness kühl. »Werden Ihre Anwälte anwesend sein?«

»Sie sind da«, erwiderte Waldo mit einem Blick zu einem seiner Bildschirme. Zwei Gestalten waren darauf zu sehen; sie verbeugten sich und murmelten Höflichkeiten.

»Das ist etwas ungewöhnlich«, wendete Harkness ein. »Zeugen sollten persönlich anwesend sein. Durch Fernsehen gehörte und beobachtete Dinge haben keinerlei Beweiskraft.«

Waldo lächelte zähnebleckend. »Wollen Sie eine Streitfrage daraus machen?«

»Keineswegs«, sagte Gleason hastig, um dann seinen Syndikus zu besänftigen: »Wir wollen uns nicht in verfahrenstechnische Detailfragen verrennen, Charles.«

»Kommen wir gleich zur Sache, meine Herren«, fing Waldo an. »Wir haben uns hier versammelt, um darüber zu befinden, ob ich meinen Vertrag mit Ihnen erfüllt habe. Die Bedingungen sind bekannt; wir brauchen sie nicht noch einmal zu verlesen.« Er schob seine Hände in das Primärpaar seiner künstlichen Greiforgane. »Drüben an der Wand sehen Sie eine Anzahl von Strahlungsenergieempfängern mit den zugehörigen Triebwerken. Mr. Stevens kann, wenn er es wünscht, die Fabrikationsnummern vergleichen . . .«

»Nicht nötig.«

»Sehr gut. Ich werde jetzt meinen örtlichen Generator einschalten, damit wir die Funktionsfähigkeit der Aggregate prüfen können. Darauf werde ich nacheinander die Empfänger aktivieren, einen zur Zeit.« Seine behandschuhten Finger führten Bewegungen aus, die von einem kleineren Sekundärpaar am Steuerteil des letzten Aggregats in der Reihe mitgemacht wurden. »Dies ist ein gewöhnliches Triebwerk, von Mr. Stevens zur Verfügung gestellt, das noch nie seinen Dienst versagt hat. Sie können sich jetzt vergewissern, daß es normal arbeitet.«

»Ich sehe es von hier aus«, sagte Stevens.

»Gut. Nun kommen wir zu einem von mir ›Schneider-Empfänger‹ genannten Aggregat, weil es einer bestimmten Behandlung unterzogen wurde.« Das Antennenbündel begann in Bewegung zu geraten. »Wollen Sie es untersuchen, Mr. Stevens?«

Stevens tat es und sagte: »Das Triebwerk läuft normal.«

»Gut. Sie haben einen Empfängersatz mitgebracht, der defekt ist?«

»Wie Sie sehen.«

»Ist es Ihnen gelungen, das Triebwerk zum Laufen zu bringen?«

»Nein.«

»Sind Sie sicher? Haben Sie es sorgfältig untersucht und alle Möglichkeiten geprüft?«

»Sehr sorgfältig«, bestätigte Stevens säuerlich. Waldos pompöses Geschwätz begann ihn zu ermüden.

»Sehr schön. Ich werde es nun funktionstüchtig machen.« Waldo verließ seinen Platz und bewegte sich so vor das defekte Aggregat, daß sein Körper den anderen die Sicht auf das versperrte, was er tat. Nach einer Minute oder so schaltete er das Aggregat ein und stieß sich sanft davon ab.

Die Empfängeranlage zeigte sofort den Schneider-Effekt. Das Triebwerk begann zu laufen.

»Hier haben Sie mein Argument«, verkündete er. »Ich habe herausgefunden, wie Triebwerke repariert werden können, die spontan und ohne erkennbaren technischen Defekt ausfallen. Ich verpflichte mich, diese Schneidersche Behandlung bei allen Empfängern durchzuführen, die Sie mir bringen. Das ist in meinem vertraglichen Honorar enthalten. Ich verpflichte mich ferner, andere in dieser Behandlung zu unterweisen. Auch das ist in meinem Honorar enthalten, aber ich kann nicht garantieren, daß jeder beliebige Mann von meiner Instruktion profitieren wird. Ohne auf technische Details einzugehen, darf ich sagen, daß die Behandlung sehr schwierig ist, viel schwieriger als sie aussieht.« Er lächelte dünn. »Ich glaube, damit ist meine Übereinkunft mit Ihnen vollständig erfüllt.«

»Einen Moment, Mr. Jones«, sagte Gleason. »Ist ein Triebwerk narrensicher und uneingeschränkt funktionstüchtig, sobald es die Schneidersche Behandlung erfahren hat?«

»Vollkommen. Ich garantiere es.«

Sie steckten die Köpfe zusammen, während Waldo wartete. Schließlich sagte Gleason: »Dies sind nicht ganz die Resultate, die wir erwartet hatten, aber wir stimmen Ihnen zu, daß Sie Ihren Auftrag erfüllt haben — mit der Maßgabe, daß Sie jeden Ihnen gelieferten Empfänger ohne zusätzliche Kosten für uns dieser Schneiderschen Behandlung unterziehen und andere Männer unterweisen, wobei die Lernfähigkeit des einzelnen über den Erfolg entscheidet.«

»Das ist richtig.«

»Ich werde veranlassen, daß das vereinbarte Honorar auf Ihr Konto überwiesen wird.«

»Sehr gut. Dann haben wir also volle Übereinstimmung erzielt? Ich habe Ihren Auftrag vollständig und erfolgreich ausgeführt?«

»Richtig.«

»Schön. Nun habe ich Ihnen noch etwas zu zeigen . . .« Ein Teil der Trennwand faltete sich zurück, und ein großes Greiferpaar zog einen ziemlich umfänglichen Apparat herein, der eine gewisse allgemeine Ähnlichkeit mit einem gewöhnlichen Triebwerkssatz hatte, jedoch erheblich komplizierter war. Die meisten dieser Komplikationen waren reine Dekoration, aber es hätte selbst einen erfahrenen Ingenieur viel Zeit gekostet, das nachzuweisen. Die Maschine enthielt tatsächlich einen neuen Zug; einen eingebauten Zähler, der auf eine vorausbestimmte Zeit eingestellt werden konnte und sich selbst sowie den Empfänger zerstörte, wenn irgendwelche mit der Konstruktion nicht vertraute Personen daran herumzupfuschen suchten. Es war Waldos Antwort auf das Problem, freie und unbegrenzte Energie zu verkaufen.

Aber davon sagte er nichts. Kleine Greiferpaare befestigten den Apparat an Halteseilen; als sie damit fertig waren, sagte Waldo: »Dies, meine Herren, ist ein Gerät, das ich ›Jones-Schneider-Triebwerk‹ nennen will. Und es ist der Grund, warum Sie nicht mehr lange im Energiegeschäft sein werden.«

»So?« sagte Gleason. »Darf ich fragen, warum?«

»Weil«, wurde ihm beschieden, »ich die Energie billiger und bequemer und unter Umständen liefern kann, die Ihnen jede Hoffnung auf erfolgreiche Konkurrenz nehmen werden.«

»Das ist eine starke Behauptung.«

»Sie können sich gleich ein eigenes Urteil bilden. Mr. Stevens, Sie haben gesehen, daß die anderen Empfänger arbeiten. Ich werde sie nun ausschalten. So. Und nun werde ich den Generator ebenfalls ausschalten und Sie bitten, sich mit Hilfe Ihrer eigenen Instrumente zu vergewissern, daß außer dem gewöhnlichen sichtbaren Licht keine Strahlungsenergie in diesem Raum ist.«

Etwas unwillig folgte Stevens der Aufforderung. Einige Minuten später verkündete er: »Der Raum ist tot.«

»Gut. Behalten Sie Ihre Instrumente bei der Hand, damit Sie sichergehen können, daß es dabei bleibt. Ich werde nun meinen Empfänger aktivieren.« Eigenhändig legte er den Schalter um. »Prüfen Sie nach, Mr. Stevens. Tun Sie es mit aller Gründlichkeit.«

Stevens tat es. Er traute den angezeigten Werten nicht; er brachte seine eigenen Prüfinstrumente parallel zu denen der Maschine an.

»Was sagen Sie, Stevens?« wisperte Gleason.

Stevens sah verblüfft und ärgerlich aus. »Das verdammte Ding bezieht seine Energie aus dem Nichts!«

Alle sahen Waldo an. »Nehmen Sie sich ruhig Zeit, meine Herren«, sagte er großmütig. »Besprechen Sie sich. Ich werde nicht mithören.«

Sie zogen sich zurück, soweit der Raum es zuließ, und flüsterten erregt. Waldo konnte sehen, daß Gleason und Harkness argumentierten, während Stevens einsilbig blieb. Das war ihm recht. Er hoffte, daß Stevens nicht auf einer näheren Untersuchung des aufgemöbelten Maschinchens bestehen würde, das er großspurig Jones-Schneider-Triebwerk getauft hatte. Stevens durfte einstweilen nicht zuviel darüber erfahren. Waldo hatte nichts als die Wahrheit gesagt, aber er hatte nicht die ganze Wahrheit gesagt; er hatte nicht erwähnt, daß alle der Schneiderschen Behandlung unterzogenen Triebwerke Quellen kostenloser Energie waren.

Die ganze Sache war ein riskantes Spiel; er hätte vorgezogen, mehr über dieses Phänomen zu wissen, das er zu verkaufen suchte, aber die ganze Geschichte hatte sich bereits über mehrere Monate hingezogen, und die Energiesituation war wirklich kritisch. Diese Lösung würde es tun — wenn er ihre Unterschriften rasch genug auf die punktierte Linie bekäme.

Denn er dachte nicht daran, ein Konkurrenzunternehmen zur North American Power-Air aufzuziehen. Seine Interessen lagen auf anderem Gebiet; er hatte einfach keine Lust, sich die unvermeidliche Organisationsarbeit eines solchen Riesenprojekts an den Hals zu hängen.

Gleason riß sich von Harkness und Stevens los, kam zu Waldo. »Mr. Jones, können wir diese Angelegenheit nicht freundschaftlich regeln?«

»Was haben Sie vorzuschlagen?«

Eine Stunde später sah Waldo mit einem Seufzer der Erleichterung die Maschine seiner Besucher ablegen und erdwärts davonschießen. Ein feiner Streich, dachte er, und es hatte geklappt; er war mit seinem Bluff durchgekommen. Er hatte sich großmütig zur Zusammenarbeit überreden lassen, vorausgesetzt — und an dieser Stelle war er recht temperamentvoll geworden — der Vertrag wurde sofort abgeschlossen, ohne langes Hin und Her zwischen Anwälten. Jetzt oder nie — einwilligen oder verzichten. Der vorgeschlagene Vertrag, so hatte er tugendhaft dargelegt, gebe ihm überhaupt nichts, sofern seine Behauptungen über das Jones-Schneider-Triebwerk sich als unrichtig erweisen sollten.

Gleason hatte über diessen Punkt nachgedacht und sich zur Unterschrift entschlossen.

Im Austausch gegen alle Rechte für das Jones-Schneider-Triebwerk, für das er Konstruktionszeichnungen zu liefern hatte — die Gesichter, wenn Stevens diese Zeichnungen zu sehen bekäme und begriffe! —, hatte er eine namhafte Beteiligung an der North American Power-Air in Form eines Aktienpaketes eingehandelt. Die Aktien sollten im Rahmen einer Kapitalerhöhung ausgegeben werden und bei vollem Dividendenanspruch ohne Stimmrecht sein. Dieser Verzicht auf aktive Mitbestimmung über die Geschicke der Gesellschaft war Waldos eigene Idee gewesen. Im Energiegeschäft würde es noch mehr Kopfschmerzen geben, Kopfschmerzen in jeder Menge. Er konnte sie kommen sehen — Konstruktionsnachahmungen, Mittel zum Überlisten der Zählerkontrolle, viele Dinge. Das Zeitalter der kostenlosen Energie war angebrochen, und alle Bemühungen, es aufzuhalten, waren auf lange Sicht zum Scheitern verurteilt.

Waldo lachte so laut und so lange, daß er Baldur ängstigte, der ein aufgeregtes Gebell anstimmte. Jetzt konnte er es sich leisten, die Hathaway-Patente zu vergessen.

Seine Rache an der North American hatte nur eine potentiell schwache Stelle; er hatte Gleason versichert, daß die nach Schneiderscher Methode behandelten Triebwerke weiterhin arbeiten und nicht wieder versagen würden. Er glaubte, daß es sich so verhielt, weil er Vertrauen in Gramps Schneider hatte, aber beweisen konnte er es nicht. Er wußte nicht genug über die mit der Anderen Welt verknüpften Phänomene, um sicher zu sein, daß etwas passieren oder nicht passieren würde. Es blieb notwendig, die mühsamen und extensiven Forschungen fortzusetzen.

Aber die Andere Welt war höllisch schwierig zu erforschen! Auch mit Schneiders Andeutungen als Wegweiser ähnelte das Problem dem Dilemma eines blinden Astronomen. Er konnte die Andere Welt nicht sehen; nur durch die Schneidersche Behandlung hatte er Verbindung mit ihr aufnehmen können. Er vermutete, daß er früher oder später mit der Bitte um weitere Instruktionen zu Schneider würde zurückkehren müssen, aber das war ein so unwürdiger Ausweg, daß er nicht gern daran dachte. Überdies war es nicht sicher, daß Gramps Schneider ihm noch viel beibringen konnte; sie sprachen nicht dieselbe Sprache.

Soviel wußte er: Der Andere Raum war da und konnte zuweilen durch eine geeignete Orientierung des Geistes erreicht werden; bewußt, wie Schneider es ihn gelehrt hatte, oder unbewußt, wie es McLeod und anderen ergangen war.

Aber diese geistige Orientierung war in noch anderer Weise bedeutungsvoll. Wenn Gramps Schneider recht hatte, brauchten Menschen nicht durch Strahlungsenergie Schaden zu leiden. Wenn sie den Verstand hätten, sie mit der richtigen Orientierung zu betrachten, würde die Strahlung sie nicht angreifen; sie könnten sogar Kraft aus der Anderen Welt ziehen.

Das war, was Gramps Schneider ihm geraten hatte!

Gramps Schneider hatte ihm gesagt, er brauche nicht schwach zu sein!

Daß er kräftig und stark sein könnte . . .

Er hatte nie daran gedacht. Er hatte Schneiders freundliche Ratschläge zur Überwindung seiner Schwäche ignoriert, hatte sie als absurd und inkonsequent abgeschüttelt. Seine Schwäche, diese Besonderheit, die ihn von den nackten Affen unterschied, war für ihn eine grundlegende, unbedingte Tatsache gewesen. Er hatte sie als unveränderlich akzeptiert, als er noch ein kleines Kind gewesen war. Sie war ein endgültiger, schicksalhafter Faktor gewesen.

Natürlich hatte er Schneiders Worten keine Aufmerksamkeit geschenkt, soweit sie sich auf ihn bezogen hatten ...

Jahre waren vergangen, seit er der geringen Kraft seines Körpers Aufmerksamkeit geschenkt hatte; er hatte sich auf Geschicklichkeit konzentriert, namentlich auf die genaue und sichere Handhabung seiner ferngesteuerten Greiforgane. Im selektiven und präzise dosierten Gebrauch seiner Muskeln stand er keinem nach; er hatte sie unter vollkommener Kontrolle — das war unumgänglich. Aber für Körperkraft hatte er keinen Bedarf gehabt.

Mit der vorhandenen mechanischen Ausrüstung war es nicht schwierig, eine Vorrichtung zu bauen, die die Kraft seiner Hände in Kilogramm Gewicht auf einer Skala anzeigte.

Als er das Ding fertig hatte, fand er es seltsam, etwas so Großes mit seinen bloßen Händen anzupacken. Zögernd legte er seine Hände auf den Griff. Er brauchte nur zu drükken und würde es wissen. Er dachte an die Andere Welt, aus der ihm Kraft zuströmen sollte, dann schloß er die Augen und preßte. Er öffnete die Augen. Sieben Kilogrammn — weniger als er früher geschafft hatte.

Aber er hatte sich noch nicht wirklich Mühe gegeben. Er versuchte sich Gramps Schneiders Hand auf seinem Arm vorzustellen, dieses warme Prickeln. Kraft.

Sieben Kilo, acht, achteinhalb, neun, zehn, zehneinhalb! Er war am Gewinnen!

Seine Kraft und sein Mut verließen ihn, in welcher Reihenfolge, wußte er nicht zu sagen. Die Nadel sank auf Null zurück; er mußte ausruhen.

Hatte er wirklich außerordentliche Kraft besessen — oder waren zehneinhalb Kilo normal für ihn in seinem gegenwärtigen Alter und bei seinem Gewicht? Ein kräftiger und körperlich aktiver Mann mußte es auf etwa fünfundsiebzig Kilo bringen, das wußte er. Nichtsdestoweniger, zehneinhalb Kilo waren drei Kilo mehr, als er je zuvor bei einem Versuch zustande gebracht hatte.

Acht Kilo waren die höchste Leistung, die er in den folgenden Tagen erbringen konnte. Bitterkeit nagte in ihm.

Aber er hatte seine gegenwärtige Unabhängigkeit und Prominenz nicht durch rasches Aufgeben erreicht. Er blieb beharrlich, versuchte sich sorgfältig zu erinnern, was Schneider zu ihm gesagt hatte, versuchte die Berührung durch Schneiders Hände zu fühlen. Er sagte sich, daß er unter Schneiders Berührung wirklich stärker gewesen sei, aber daß er es wegen der Erdschwere nicht bemerkt habe. Er bemühte sich weiterhin.

Waldo kümmerte sich wenig um irdische Zeitbegriffe; er aß und schlief, wann es ihm nötig erschien; immerhin schlief er in ziemlich regelmäßigen Intervallen, und dann für längere Zeit. Nicht in einem Bett, natürlich. Ein Mann, der in der Luft schwebt, hat keinen Bedarf für ein Bett. Aber er hatte es sich zur Gewohnheit gemacht, seinen Körper an dünnen Halteleinen zu befestigen, bevor er sich für acht oder neun Stunden dem Schlaf hingab. Die Leinen hinderten ihn daran, in zufälligen Luftströmungen davonzutreiben und schlafend gegen Armaturen und Druckschalter zu stoßen.

Seit die Besessenheit, stark zu werden, von ihm Besitz ergriffen hatte, war es häufiger als sonst nötig, daß er seinen Schlaf durch Einnahme von Tabletten sicherte.

Dr. Rambeau war zurückgekehrt und suchte ihn. Rambeau, der Waldo für seine Schwierigkeiten verantwortlich machte. Waldo war nicht sicher, nicht mal in seinem Satellitenhaus, denn der verrückte Physiker hatte herausgefunden, wie er von einer Welt in die andere überwechseln konnte. Da war er jetzt! Nur sein Kopf schaute aus der Anderen Welt heraus. »Ich werde dich kriegen, Waldo!« Dann war er fort — nein, er war hinter ihm, streckte seine Hände nach ihm aus, die zukkende, sich windende Antennen waren! »Ich dreh dir den Hals um, Waldo!« Aber Waldos eigene Hände waren die riesigen Greifwerkzeuge aus seiner Werkstatt; er griff damit nach Rambeau.

Die großen Greifer erschlafften.

Rambeau war über ihm; er hatte ihn an der Kehle gepackt.

Gramps Schneider sagte mit ruhiger Stimme in sein Ohr: »Du mußt nach der Kraft hinausreichen, mein Sohn. Fühle sie in deinen Fingern.« Waldo krallte nach den würgenden Händen, strengte sich an, kämpfte verzweifelt, um ihren Griff zu brechen.

Sie lösten sich. Er war im Begriff zu siegen. Er würde Rambeau in die Andere Welt zurückstopfen und dort halten. Da! Er hatte eine Hand frei. Baldur bellte wie verrückt; er versuchte ihm zu sagen, er solle aufhören und lieber Rambeau beißen, ihm helfen ...

Der Hund bellte weiter.

Er war in seinem Haus, allein in seinem großen Raum. Baldur ließ ein letztes Kläffen hören.

»Still!«

Waldo sah sich um, betrachtete sich selbst.

Beim Einschlafen war er von vier leichten Halteseilen an Ort und Stelle festgehalten worden. Zwei von ihnen waren noch an seinem Gürtel. Von den zwei anderen war eins am Gürtel abgerissen, das andere ziemlich genau in der Mitte zwischen ihm und der Verankerung an der Wand. Die freien Enden trieben in der Nähe; eines hatte sich einmal lose um seinen Hals geschlungen.

Es gab keine andere Möglichkeit, er mußte diese Leinen in seinem wüsten Traum selbst zerrissen haben. Die Leinen waren leicht und dünn, aber trotzdem ...

Es kostete ihn ein paar Stunden, einen Prüfapparat zu bauen, der Zug statt Druck messen konnte. Als es getan war, befestigte er ein Stück Halteseil im Apparat, schaltete ein mittelgroßes Paar Greifwerkzeuge ein, schlüpfte in seine Primärhandschuhe und zog. Die Leine zerriß bei einer Belastung von einhundertsechs Kilogramm.

Hastig nahm er sich den ersten Kraftmesser vor. Er machte eine Pause, ließ seine Nervosität abklingen und flüsterte leise: »Jetzt ist es Zeit, Gramps!« Dann packte er den Handgriff.

Zehn Kilo — zehneinhalb — zwölfeinhalb!

Über fünfzehn hinaus. Er schwitzte noch nicht einmal! Zwanzig, einundzwanzig, zwei-, dreiundzwanzig. Und vierundzwanzig! Vierundzwanzig Kilo!

Mit einem langen Seufzer ließ er seine Hand ruhen. Er hatte Kraft. Kraft! Nach einer Weile probierte er es mit seiner Linken. Sie war nicht so stark wie seine Rechte, aber beinahe — fast zweiundzwanzig Kilo. Komisch war, daß er sich nicht eigentlich ermattet fühlte. Einfach normal. Gesund.

Er wollte alle seine Muskeln testen. Es würde zu lange dauern, Prüfgeräte für ein Dutzend oder mehr Kraftübungen zu entwickeln. Er brauchte ein Schwerefeld, das war es, und es mußte der Erdschwerkraft auf der Oberfläche entsprechen. Der Empfangsraum bot sich dafür an; er ließ sich wie eine Zentrifuge drehen. Er schwamm durch den Korridor in den Vorraum und nahm eine Position ein, die ihn aufrecht stehen ließ, sobald die Zentrifugalkraft wirksam würde. Mit einem Knopfdruck startete er den Mechanismus.

Die anlaufende Bewegung überraschte ihn, und er wäre fast gefallen. Aber er fing sich wieder und beschleunigte ein wenig mehr. Bisher war alles in Ordnung. Allmählich steigerte er die Geschwindigkeit, und ein Triumphgefühl kam auf, als er den Zug der Pseudo Schwerkraft spürte, als seine Beine schwer wurden.

Er erhöhte die Drehzahl, bis die Wirkung der normalen Erdschwerkraft entsprach. Er konnte sie ertragen. Er konnte stehen. Hochbefriedigt bremste er wieder ab. Für diesmal war es genug. Wenn er das Stehen noch einige Male geübt haben würde, könnte er es mit dem Gehen versuchen; es sah einfach aus, aber er wußte nicht, wie es gemacht wurde. Auch mußte er Baldur das Laufen beibringen. Er stellte sich eine Art Rahmen vor, der den Hund zwang, auf seinen vier Beinen zu stehen. Wenn man den Rahmen mit kleinen Rädern versah und den Hund lose darin anschnallte, daß er nicht heraus konnte, müßte es zu machen sein . . .

»Onkel Gus . . .«

»Ah, hallo, Waldo. Was hast du die ganze Zeit gemacht?«

»Gearbeitet, was sonst? Hör mal, Onkel Gus, könntest du kommen — jetzt gleich?«

Grimes schüttelte seinen Kopf. »Tut mir leid. Meine Maschine ist in Reparatur.«

»Sie wäre ohnehin zu langsam. Nimm ein Taxi, oder laß dich von jemandem mitnehmen.«

»Damit du den Betreffenden beleidigst, wenn wir hinkommen? Nein.«

»Ich werde süß wie Zucker sein.«

»Nun, Jim Stevens sagte vor ein paar Tagen, daß er mit dir reden wolle.«

Ein Grinsen entschlüpfte Waldo. »Hole ihn. Ich würde ihn gern sehen.«

»Ich werde ihn fragen, ob er Zeit hat.«

»Gut. Rufe zurück, ja? Und bald, wenn möglich.«

Waldo begrüßte sie im Empfangsraum. Sowie sie hereinkamen, begann er sein Stück zu spielen. »Bin ich froh, daß Sie hier sind! Mr. Stevens — könnten Sie mich sofort zur Erde fliegen? Es hat sich etwas ergeben.«

»Wieso — ja, natürlich. Wenn Sie wollen.«

»Dann lassen Sie uns gleich starten.«

»Augenblick, Waldo. Jim ist nicht darauf vorbereitet, dich zu transportieren, wie es für dich nötig ist.«

»Ich muß das Risiko auf mich nehmen, Onkel Gus. Die Sache ist dringend.«

»Aber . . .«

»Kein Aber! Wir wollen uns gleich auf den Weg machen.«

Sie brachten Baldur an Bord und schnallten ihn fest. Grimes sorgte dafür, daß Waldos Sitz zurückgeklappt wurde, um das spätere Abbremsmanöver für ihn so unschädlich wie möglich zu machen. Waldo ließ sich hineinsinken und schloß die Augen, womit er unerwünschten Fragen vorzubeugen hoffte. Grimes saß schweigend und mit besorgter Miene neben ihm.

Stevens legte die Strecke in Rekordzeit zurück, landete aber sehr sanft auf der Parkfläche hinter Grimes' Haus. Grimes fühlte nach Waldos Puls. »Wie geht es dir? Ich werde jemanden holen, damit wir dich hineinbringen können. Ich möchte, daß du dich im Bett ausruhst.«

»Das geht nicht, Onkel Gus. Ich habe zu tun. Gib mir deinen Arm, ja?«

»Was?« Aber Waldo griff nach der erbetenen Stütze und zog sich selbst in die Höhe. »Ich glaube, es geht jetzt ganz gut.« Er ließ Grimes' Arm los und ging zum Ausstieg. »Kannst du Baldur losbinden?«

»Waldo!«

Er wandte sich um, ein glückliches Lachen im Gesicht. »Ja, Onkel Gus, es ist wahr. Ich bin nicht mehr schwach. Ich kann gehen.«

Grimes hielt sich an einer Sitzlehne fest und stammelte unsicher: »Waldo, ich — ich bin ein alter Mann. Du solltest mir so was nicht antun.«

Er wischte sich die Augen.

»Ja«, stimmte Stevens zu, »es war ein verdammt gemeiner Trick.«

Waldo schaute verständnislos von einem zum anderen. »Es tut mir leid«, sagte er reumütig. »Ich wollte dich nur überraschen, Onkel Gus.«

»Es ist schon gut. Laß uns hineingehen und einen trinken. Dann kannst du uns darüber erzählen.«

»Gern. Komm, Baldur.« Der Hund erhob sich und folgte seinem Herrn. Er hatte eine sehr komische Gangart für einen Hund; Waldos mechanischer Trainer hatte ihm statt des Hundetrotts den Fußgang beigebracht.

Waldo blieb tagelang bei Grimes, gewann weiter an Kraft, baute seine schlaffen Muskeln auf. Er hatte keine Rückschläge; die Myasthenie war vergangen. Was er brauchte, war nur noch Konditionstraining.

Eines Tages kam Stevens zu Besuch und fand Waldo allein im Wohnzimmer.

»Hallo, Mr. Jones.«

»Ah — hallo, Mr. Stevens.« Waldo bückte sich hastig, fummelte nach seinen Schuhen und zog sie an. »Onkel Gus sagt, ich sollte sie immer tragen«, erklärte er. »Alle tun es. Aber Sie haben mich überrascht.«

»Oh, das spielt keine Rolle. Im Haus brauchen Sie keine zu tragen. Wo ist Doc?«

»Der kommt erst gegen Abend zurück. Sagen Sie, tragen Sie zu Haus Schuhe? Ich glaube mich zu erinnern, daß meine Pflegerinnen immer welche trugen.«

»Ach ja, die meisten Leute tragen wohl auch im Haus Schuhe. Aber es gibt kein Gesetz, das einen dazu zwingt.«

»Dann werde ich sie tragen. Aber ich kann nicht sagen, daß es mir gefällt. Sie fühlen sich tot an, der Fuß merkt nicht, wo er hintritt. Trotzdem, ich möchte lernen, wie es gemacht wird.«

»Wie man Schuhe trägt?«

»Wie man sich so benimmt, daß man unter den anderen Leuten nicht auffällt. Es ist wirklich sehr schwierig.«

Stevens hatte eine plötzliche Einsicht, verbunden mit einem Aufwallen von Mitleid mit diesem Mann, dem die normale Umwelt eines Menschen seltsam und fremdartig vorkommen mußte. Er fühlte sich zu einem Bekenntnis gedrängt. »Sie sind jetzt wirklich kräftig, nicht wahr?«

Waldo lachte glücklich.

»Mit jedem Tag werde ich kräftiger. Heute morgen habe ich hundert Kilo gedrückt. Und sehen Sie selbst, wieviel Fett ich heruntergearbeitet habe.«

»Sie sehen tatsächlich fit aus. Es ist komisch, daß mir das ausgerechnet jetzt einfällt, aber seit ich Ihnen das erstemal begegnete, wünschte ich mir, daß Sie so stark wären wie ein gewöhnlicher Mann.«

»Wirklich? Warum?«

»Nun ... Ich glaube, Sie werden zugeben, daß Sie dann und wann recht rauh mit mir umgesprungen sind. Die ganze Zeit hatte ich eine Mordswut auf Sie. Ich wünschte mir, daß Sie kräftiger wären, damit ich Sie verdreschen könnte.«

Waldo war auf und ab gegangen, um sich an seine Schuhe zu gewöhnen. Er blieb stehen und sah Stevens verdutzt an. »Sie meinen, Sie wollten mit den Fäusten auf mich losgehen?«

»Genau. Sie haben gelegentlich Worte gebraucht, die einer nur dann in den Mund nimmt, wenn er bereit ist, mit seinen Fäusten dafür einzustehen. Wären Sie kein Invalide gewesen, hätte ich Ihnen schon oft eine geklebt.«

Waldo schien mit einem neuen Konzept zu ringen. »Ich glaube, ich verstehe«, sagte er langsam. »Nun ja — also gut.« Damit landete er einen Schwinger an Stevens' Unterkiefer. Stevens hatte nicht im mindesten damit gerechnet. Der Schlag traf ihn hart und an einer empfindlichen Stelle. Er klappte sofort zusammen.

Als er wieder zu sich kam, fand er sich in einem Sessel. Waldo schüttelte ihn. »War das nicht richtig?« fragte er besorgt.

»Womit haben Sie zugeschlagen?« murmelte Stevens benebelt.

»Mit meiner Hand. War das nicht richtig? War das nicht, was Sie wollten?«

Stevens raffte sich auf. »Hören Sie — ist das Ihre Vorstellung von der richtigen Art und Weise einen Kampf anzufangen?«

»Ich weiß nicht. Das frage ich Sie.«

Stevens versuchte ihm die Verhaltensregeln beim zeitgenössischen amerikanischen Faustkampf zu erklären. Waldo schien verblüfft, doch endlich nickte er. »Ich verstehe jetzt. Man muß den anderen warnen. Also gut — stehen Sie auf, und wir fangen noch mal an.«

»Langsam, langsam! Sie gaben mir keine Gelegenheit, meinen Gedankengang zu vollenden. Ich war wütend auf Sie, aber ich bin es nicht mehr. Das wollte ich Ihnen sagen. Sie waren absolut ungenießbar, ein höchst unangenehmer Zeitgenosse. Aber Sie konnten nichts dafür. Außerdem sind Sie es nicht mehr; ich mag Sie sogar recht gern — nun, da Sie kräftig sind.«

»Wirklich?«

»Ja, wirklich. Aber üben Sie nicht mehr diese Faustschläge an mir.«

»Ganz gewiß nicht. Wissen Sie, es ist gar nicht so einfach, zu merken, was die Leute von einem erwarten. Es steckt so wenig Vernunft in diesen ganzen Verhaltensformen. Zum Beispiel das Aufstoßen; ich wußte nicht, daß es verboten ist, zu rülpsen, wenn andere Leute in der Nähe sind. Ich finde es manchmal notwendig und befreiend. Onkel Gus stimmt mir darin zu, sagt aber, es gelte als Merkmal ungehobelter, roher Menschen.«

Stevens versuchte ihm die Zusammenhänge zu erläutern, aber es gelang ihm nicht sehr gut. Waldo hatte keine Ahnung von den Regeln gesitteten Benehmens im gesellschaftlichen Umgang. Schließlich gab er es auf und empfahl Waldo die Lektüre eines einschlägigen Standardwerkes über gute Sitten. Waldo war dankbar und ganz und gar nicht beleidigt. »Mr. Stevens, Sie haben mir sehr geholfen. Sie können diese Dinge besser erklären als Onkel Gus. Natürlich werde ich dieses Buch lesen, aber können Sie mir dann und wann Nachhilfestunden geben?«

»Ich will es gern versuchen. Aber Mr. Jones, ich bin wegen einigen Problemen zu Ihnen gekommen, mit denen wir uns im Werk herumschlagen. Was diese Theorie der zwei Räume angeht, von der Sie mir erzählt haben . . .«

»Das ist keine Theorie; es ist eine Tatsache.«

»Nun gut. Was ich wissen möchte, ist: Wann werden Sie in Ihr Haus zurückkehren und Ihre Forschungen wieder aufnehmen? Wir brauchen Hilfe.«

»In mein Haus zurückkehren? Ich habe keine Ahnung. Ich beabsichtige nicht, Forschungsarbeiten zu machen.«

«Nicht? Aber, mein Gott, Sie haben doch noch nicht die Hälfte der Untersuchungen beendet, die Sie bei unserem letzten Gespräch umrissen haben!«

»Das können Sie und Ihre Leute machen. Ich werde natürlich mit Vorschlägen aushelfen.«

»Nun — vielleicht können wir Gramps Schneider interessieren«, sagte Stevens enttäuscht.

»Zu dem Versuch würde ich nicht raten«, antwortete Waldo. »Ich will Ihnen einen Brief zeigen, den er mir geschrieben hat.« Er ging und holte ihn. »Hier.«

Stevens überflog den Text: ». . . das großzügige Angebot Ihres Anteils an dem neuen Energieprojekt weiß ich durchaus zu würdigen, aber ehrlich gesagt, mein Interesse an solchen Dingen ist gering, und ich würde die Verantwortung als eine Last empfinden. Was die Nachricht von Ihrer neugewonnenen Kraft betrifft, so bin ich darüber glücklich, aber nicht überrascht. Die Kraft der Anderen Welt gehört dem, der sie in Anspruch nimmt . . .« Der Brief war noch länger, aber Stevens las nicht weiter. Er blickte auf die präzise, altmodische und ein wenig zittrige Handschrift, dann reichte er das Papier zurück.

»Hmm — ich glaube, ich verstehe, was Sie meinen.«

»Meine Meinung ist«, sagte Waldo ernst, »daß er unsere Manipulationen auf technischem Gebiet als kindisch betrachtet.«

»Das ist gut möglich. Sagen Sie mir, was haben Sie mit sich vor?«

»Ich? Ich weiß es noch nicht genau. Aber eins kann ich Ihnen verraten: Ich werde mich amüsieren. Ich werde mein Leben genießen. Ich fange erst an zu lernen, wieviel Spaß es macht, ein Mensch zu sein!«

»Wenn ich Ihnen zu erklären versuchte, warum ich Tänzer geworden bin, müßte ich Ihnen eine lange Geschichte erzählen«, sagte er, während er saß und sich abschminken ließ.

»Gerade die Einzelheiten sind es, die mich interessieren«, sagte die Reporterin hartnäckig.

»Morgen nachmittag habe ich mehr Zeit«, antwortete er. »Können Sie dann wiederkommen?«

»Gern.«

Ein Mann drängte sich durch die kleine Gruppe, die ihn umstand.

Waldo sah ihn und zwinkerte. »Hallo, Stanley. Freut mich, dich zu sehen.«

»Hallo, Waldo.« Gleason zog einige Papiere unter seinem Regenmantel hervor und ließ sie in den Schoß des Tänzers fallen. »Ich habe sie selber gebracht, weil ich deine neue Nummer sehen wollte.«

»Hat sie dir gefallen?«

»Großartig!«

Waldo grinste und nahm die Papiere auf. »Wo ist die punktierte Linie?«

»Du solltest sie lieber vorher lesen«, riet Gleason.

»Ach nein, das ist mir zu langweilig. Wenn du es richtig findest, finde ich es auch richtig. Hast du einen Füllhalter dabei?«

Ein magerer kleiner Mann arbeitete sich zu ihnen durch. »Wenn Sie schon beim Unterschreiben sind, sehen Sie sich gleich dieses Layout an.« Es war ein Plakatentwurf mit der fetten Balkenüberschrift:

DER GROSSE WALDO
und seine Truppe

Der Raum für den Eindruck des Theaters und des Aufführungstermins war leer. Eine Abbildung von Waldo als Harlekin, in erstarrter Pose hoch in der Luft schwebend, nahm den größten Teil der Fläche ein.

Waldo nickte glücklich. »Fein, Sam. Sehr schön. So könnt ihr es drucken.«

»Wir sind fertig«, sagte sein Ankleider.

Waldo stand auf und ließ sich in seinen Mantel helfen. Dann pfiff er scharf durch die Zähne. »Hier, Baldur! Komm mit.«

An der Tür verhielt er noch einmal für einen Augenblick und winkte. »Guten Abend allerseits.«

»Gute Nacht, Waldo.«

MAGIE GMBH

»Wessen Zauber gebrauchen Sie, Freund?«

Das war das erste, was dieser Kerl sagte, nachdem er in mein Geschäft gekommen war. Er hatte ungefähr zwanzig Minuten herumgelungert und sich im Laden umgesehen, bis ich allein war.

Sein Benehmen gefiel mir nicht. Ich habe nichts gegen die legitimen Fragen eines Kunden, aber ich kann es nicht leiden, wenn Leute gratis herumschnüffeln wollen.

»Ich arbeite mit verschiedenen lizensierten Praktikern der Zauberei zusammen«, sagte ich ihm frostig, aber höflich. »Warum fragen Sie?«

»Sie haben meine Frage nicht beantwortet«, erwiderte er. »Kommen Sie — machen Sie schon. Ich habe nicht den ganzen Tag Zeit.«

Ich beherrschte mich. Ich verlange Höflichkeit von meinen Angestellten, und obgleich ich ziemlich sicher war, daß dieser Typ niemals ein Kunde sein würde, wollte ich meine eigenen Regeln nicht durchbrechen.

»Wenn Sie daran denken, etwas zu kaufen«, sagte ich, »werde ich Ihnen gern Auskunft geben, welche Magie, wenn überhaupt, bei der Herstellung der betreffenden Ware gebraucht wird, und wer der Magier ist.«

»Na, ich kann nicht gerade sagen, daß Sie sehr zuvorkommend sind«, beklagte er sich. »Wir haben es gern, wenn die Leute mit uns zusammenarbeiten. Man weiß nie, welches Unglück einem zustoßen kann, wenn man nicht zusammenarbeiten will.«

»Wen meinen Sie mit ›wir‹?« fragte ich aufgebracht. »Und was meinen Sie mit ›Unglück‹?«

»Nun kommen wir uns schon näher«, sagte er mit ekligem Lächeln und setzte sich auf den Rand der Theke — so nahe, daß er in mein Gesicht atmete. Er war untersetzt, schwarzhaarig und von gelblich-bräunlicher Gesichtsfarbe — Sizilianer, vermutete ich — und in einen etwas übertrieben modischen

Anzug gekleidet. Anzug, Krawatte, Socken, Schuhe, alles war perfekt aufeinander abgestimmt, in Farbtönen, die mir nicht gefielen. »Ich will Ihnen sagen, was ich mit ›wir‹ meine. Ich bin Bevollmächtigter einer Organisation, die Leute vor Unheil beschützt — wenn sie klug und zur Zusammenarbeit geneigt sind. Deshalb fragte ich Sie, wessen Zauber Sie benützen. Einige von den Magiern in dieser Gegend sind nicht kooperationswillig; das verdirbt ihr Glück, und dieses Pech folgt ihren Produkten.«

»Reden Sie nur weiter«, sagte ich. Ich wollte sehen, wie weit er gehen würde.

»Ich wußte, daß Sie klug sind«, sagte er. »Was würden Sie zum Beispiel sagen, wenn ein Feuerdämon in Ihrem Laden los wäre, Ihre Waren in Brand setzte und vielleicht Ihre Kunden verscheuchte? Oder Sie verkaufen das Material für ein Haus, und nachher stellt sich heraus, daß ein Poltergeist darin lebt, die Teller zerbricht, die Milch sauer macht und die Möbel herumstößt. Das alles kann passieren, wenn man mit den falschen Magiern arbeitet. Ein paar solcher Fälle, und Ihr Geschäft ist ruiniert. Das wollen wir doch vermeiden, nicht wahr?« Er beschenkte mich mit einem weiteren ekelhaften Lächeln.

Ich sagte nichts, und er fuhr fort: »Nun, wir unterhalten einen Stab der besten Dämonologen, selber hervorragende Magier, die Auskunft darüber geben können, wie ein Magier sich in der Halbwelt benimmt und ob er seinen Klienten statt des erwarteten Glücks Pech bringt. Danach beraten wir unsere Kunden, mit wem sie in Geschäftsverbindung treten sollen, und bewahren sie so vor Unheil. Sehen Sie?«

Ich sah es natürlich. Ich war nicht von gestern. Die Magier, mit denen ich arbeitete, waren Männer aus der Umgebung, die ich seit Jahren kannte, Männer von gefestigtem Ansehen hier und in der Halbwelt. Sie taten nichts, was die Dämonen gegen sie aufbringen konnte, und sie hatten kein Pech.

Was dieser schleimige Bursche meinte, war, daß ich nur mit den Magiern arbeiten sollte, die sie auswählten, zu Honoraren, die sie festzusetzen beliebten. Außerdem würden sie von den Honoraren und von meinem Geschäftsgewinn Prozente nehmen. Wenn ich nicht zur »Zusammenarbeit« gewillt wäre, drohte mir die Verfolgung durch Dämonen, mit denen sie Vereinbarungen hatten, Renegaten wahrscheinlich, mit menschlichen Lastern behaftet. Sie würden meine Lagervorräte verderben und meine Kunden verjagen. Wenn ich trotzdem durchhielt, konnte ich mit wirklich gefährlicher Schwarzer Magie rechnen, die mich verletzen oder töten würde. Alles das unter dem Anschein, mir Schutz gegen Männer zu verkaufen, die ich kannte und schätzte.

Eine saubere Erpressung!

Ich hatte von ähnlichen Vorkommnissen in den großen Städten der Ostküste gehört, derartige Gangstertricks aber nicht in einer kleinen Stadt wie der unsrigen erwartet.

Er saß da, maß mich mit seinem unverschämten Grinsen, wartete auf meine Antwort und drehte seinen Hals im Kragen, der ihm zu eng war. Dadurch wurde ich auf etwas aufmerksam.

Trotz seiner geckenhaften Kleidung war hinten über seinem Kragen eine dünne Kette zu sehen, die offenbar hochgerutscht war. Es schien mir wahrscheinlich, daß sie einen Anhänger oder ein Amulett zu tragen hatte. Traf das zu, war er abergläubisch.

»Sie haben etwas vergessen«, sagte ich ihm. »Ich bin ein siebenter Sohn, geboren unter einem Schafhäutchen, und ich habe das zweite Gesicht. Mein Glück ist in Ordnung, aber ich sehe das Unheil über Ihnen stehen wie Zypressen über einem Grab!« Ich griff schnell zu und riß an der kleinen Kette. Sie ging sofort entzwei, und ich zog ein Amulett an ihr hervor, ein kleines Ding, das ungefähr so appetitlich war wie der Boden eines Vogelkäfigs. Ich ließ es fallen und trat darauf.

Er war von der Theke gesprungen und stand schnaufend mir gegenüber. In seiner rechten Hand erschien ein Messer; mit der Linken machte er eine Abwehrgeste gegen den bösen Blick, Zeigefinger und kleinen Finger als Symbol der Hörner des Asmodi gegen mich gestreckt. Ich wußte, daß ich ihn für diesmal eingeschüchtert hatte.

»Und hier ist eine Magie, von der Sie vielleicht noch nicht gehört haben«, schnarrte ich und langte in die Kassenschublade hinter der Theke. Ich nahm eine Pistole heraus und richtete sie auf sein Gesicht. »Kaltes Eisen! Nun verschwinden Sie!«

Er ging rückwärts zur Tür, ohne seinen Blick von meinem Gesicht abzuwenden. Im Eingang blieb er stehen und spuckte auf die Schwelle, dann machte er sich sehr eilig davon.

Ich legte die Waffe weg und bediente zwei Kunden, die hereinkamen, als der andere noch keine zwei Minuten draußen war. Ich muß zugeben, daß ich beunruhigt war. Der gute Ruf eines Menschen ist sein wertvollster Aktivposten. Ich habe mir als noch junger Mann einen Namen für verläßliche Produkte gemacht. Es war gewiß, daß dieser Kerl und seine Genossen alles tun würden, um diesen Namen zu zerstören.

Natürlich ist das Baumaterialgeschäft nicht so eng mit der Magie verwoben wie andere Branchen, die mit weniger dauerhaften Waren handeln. Wenn sie ein Haus bauen, möchten die Leute gern wissen, daß das Bett nicht eines Nachts in den Keller fallen wird, oder daß das Dach nicht verschwinden und sie ungeschützt im Regen zurücklassen wird.

Außerdem wird beim Bauen eine ganze Menge Eisen verwendet, und es gibt nur wenige kommerzielle Zauberer, die mit kaltem Eisen fertig werden. Diese wenigen sind überdies so teuer, daß es nicht wirtschaftlich ist, sie beim Bauen heranzuziehen. Wenn natürlich jemand aus dem Jet-Set oder ähnlich mondänen Kreisen damit prahlen möchte, daß er ein Sommerhaus oder ein Schwimmbecken hat, das allein durch Magie gebaut wurde, übernehme ich den Kontrakt, berechne entsprechend und vergebe einen Unterauftrag an einen der kostspieligen Magier der ersten Klasse. Aber im großen und ganzen verwendet mein Geschäft Magie nur für die Nebendinge, die gern billig gekauft und von Zeit zu Zeit ausgewechselt werden.

Ich war also weniger besorgt um die Magie in meinem Geschäft als vielmehr davon, was Magie meinem Geschäft antun könnte, wenn jemand sich vorsätzlich daranmachte, mir Unheil zuzufügen. Das Thema Magie ging mir sowieso im Kopf um, denn etwas früher am Tag hatte ein Bursche namens Ditworth angerufen und mir ein Geschäft vorgeschlagen, über das ich unschlüssig war.

Ich machte frühzeitig zu und ging hinüber zu Jedson, einem Freund von mir in der Textilbranche. Er ist erheblich älter als ich und, ohne irgendwelche akademischen Grade zu besitzen, ein gelehrtes Haus in allen Formen von Hexerei, weißer und schwarzer Magie, Nekrologie, Dämonologie und der praktischen Weissagung. Außerdem ist Jedson ein schlauer und fähiger Mann in jeder Hinsicht. Ich gab viel auf seinen Rat.

Ich erwartete, ihn in seinem Büro anzutreffen, aber dort war er nicht. Sein Bürobote schickte mich hinauf in einen Raum, den er für Konferenzen und Verkaufsgespräche benützte. Ich klopfte und öffnete die Tür.

»Hallo, Archie«, rief er, als er meiner ansichtig wurde. »Komm 'rein. Ich habe hier eine Sache.« Und er wandte sich wieder ab.

Ich trat ein und sah mich um. Neben Joe Jedson saß eine hübsche, stramme Frau von ungefähr dreißig Jahren in der Tracht einer Krankenschwester. Hinter ihm stand August Welker, Jedsons Sekretär, ein nützlicher Mann mit einer Magierlizenz dritter Klasse. Dann bemerkte ich einen fetten kleinen Burschen, Zadkiel Feldstein, der als Agent für mehrere der zweitklassigen Magier längs der Straße tätig war. Seine Religion untersagte ihm natürlich, selber Magie zu praktizieren, aber gegen seine Vermittlertätigkeit gab es anscheinend keine theologischen Einwände. Ich hatte manchmal mit ihm gearbeitet und kannte ihn ganz gut.

Dieser Zehnprozenter hielt eine ausgegangene Zigarre in den Stummelfingern und beobachtete Jedson und eine weitere Person, die schlaff in einem Sessel lag.

Diese Person war ein Mädchen, nicht über fünfundzwanzig Jahre alt, vielleicht noch jünger. Sie war blond und so dünn, daß man glaubte, jeder Luftzug werde sie mitnehmen. Sie hatte schmale, sensible Hände mit langen Fingern und einen großen, tragischen Mund. Ihr Haar war silberweiß, aber sie war kein Albino. Sie lag zurückgelehnt — wach, aber offensichtlich erschöpft. Die Krankenschwester rieb ihr die Handgelenke.

»Was ist los?« fragte ich. »Ist das Kind in Ohnmacht gefallen?«

»Nein, nein«, sagte Jedson mit einer halben Drehung zu mir. »Sie ist eine weiße Hexe; arbeitet in Trance. Jetzt ist sie ein bißchen müde, das ist alles.«

»Welches ist Ihre Spezialität?« forschte ich.

»Fertigkleidung.«

»Was?« Ich war erstaunt. Es ist eine Sache, Meterware zu schaffen; eine ganz andere Sache aber ist es, ein Kleid oder einen Anzug fix und fertig herauszubringen. Jedson produzierte und verkaufte ein volles Sortiment an Oberbekleidung, bei dessen Herstellung durchweg mit Magie gearbeitet wurde. Er befaßte sich vorwiegend mit Sportkleidung, Neuheiten, Damenmoden und dergleichen, bei denen es mehr auf den modischen Schnitt als auf die Tragequalität ankommt. Meistens waren sie mit dem Etikett »Nur für eine Saison« versehen, aber für diese eine Saison waren sie völlig zufriedenstellend.

Aber sie wurden nicht in einem Arbeitsgang hergestellt. Zuerst wurde die Meterware gemacht, üblicherweise von Welker. Farben und Muster wurden später hinzugefügt. Jedson besaß sehr gute Verbindungen unter den Kleinen Leuten und konnte von der Halbwelt Farbtöne und Muster bekommen, die exklusiv für ihn waren. Für die Herstellung der Kleidungsstücke verwendete er sowohl die alten Methoden als auch Magie, und zu seinen freien Mitarbeitern zählten einige der talentiertesten Entwerfer und Modeschöpfer des Landes.

»Fertigkleidung von guter Tragequalität«, ergänzte Jedson. »Sie stand zuletzt bei einer Textilfabrik in Jersey City unter Vertrag. Aber ich würde tausend Dollar geben, nur um ein einzigesmal zu sehen, wie sie dieses Fertigkleider-Kunststück zuwege bringt. Wir hatten kein Glück, obwohl ich alles bis auf die rotglühende Kneifzange versucht habe.

Darauf machte das Mädchen ein alarmiertes Gesicht, und die Krankenschwester schaute indigniert. »Das war bloß so eine Redensart«, lenkte Jedson ein. »Jeder hier weiß, daß ich nicht für Schwarze Magie bin.« Er richtete einen väterlich-wohlwollenden Blick auf das durchsichtige Geschöpf im Sessel. »Glauben Sie, daß Sie es jetzt noch mal versuchen können?«

Sie nickte und versuchte es noch einmal. Im Trancezustand gelang ihr das Kunststück mit einem Minimum von Stöhnen und Spucken. Das Ektoplasma kam reichlich heraus, und tatsächlich, es formte sich zu einem fertigen Kleid, statt zur üblichen Meterware. Es war ein hübsches kleines Nachmittagskleid, ungefähr Größe achtunddreißig, himmelblau gemustert auf seegrünem Grund und von seidiger Qualität. Es hatte Klasse, und ich wußte, daß jeder Einkäufer, der es zu Gesicht bekäme, für eine ansehnliche Bestellung gut wäre.

Jedson packte es, schnitt ein Stück Stoff herunter und unterzog die Probe seinen üblichen Tests. Zuletzt nahm er sie aus dem Mikroskop und hielt ein brennendes Zündholz daran.

»Verdammt noch mal!« fluchte er. »Kein Zweifel, das ist gar keine neue Integration; sie hat nur einen alten Lappen wiederbelebt!«

»Wieso?« fragte ich.

»Häh? Archie, es ist ja nicht deine Branche, aber du solltest es auch so wissen. Was sie eben gemacht hat, ist in Wirklichkeit keine kreative Magie.« Er hob das Kleid hoch und schüttelte es. »Diese Kleid hatte irgendwo, irgendwann eine reale Existenz. Sie bekam ein Stück davon zu fassen, einen Fetzen oder vielleicht nur einen Knopf, und wendete die Gesetze der

Homöopathie und Kontiguität an, um ein Simulacrum davon zu produzieren.«

Ich konnte Joe Jedsons Einwand nicht verstehen. »Wo ist da der Unterschied«, sagte ich. »Es ist ein Kleid, nicht wahr?«

»Natürlich ist es ein Kleid, aber kein neues. Dieser Schnitt ist irgendwo registriert und gehört nicht mir. Und selbst wenn sie eine von meinen Nummern als Vorlage verwendet hätte, könnte ich nichts damit anfangen. Wiederbelebung alter Modelle ist nicht, was ich will. Ich kann ohne sie bessere Ware billiger herstellen.«

Das Mädchen kam zu sich, sah das Kleid und sagte: »Oh, Mr. Jedson, habe ich das gemacht?«

Er erklärte ihr, was geschehen war. Ihr Gesicht wurde lang, und das Kleid zerschmolz sofort. »Machen Sie sich nichts daraus«, sagte er und tätschelte ihre zerbrechliche Schulter. »Sie waren müde. Wir werden es morgen noch einmal versuchen. Ich weiß, daß Sie es können, wenn Sie nicht nervös und überanstrengt sind.«

Sie dankte ihm und ging, begleitet von der Krankenschwester. Feldstein war voller Erklärungen, aber Jedson sagte ihm, er solle es vergessen und morgen um die gleiche Zeit wiederkommen. Als wir allein waren, sagte ich ihm, was mir zugestoßen war.

Er lauschte schweigend und mit ernster Miene, bis ich ihm erzählte, wie ich meinem Besucher weisgemacht hatte, daß ich das zweite Gesicht hätte. Das schien ihn zu amüsieren.

»Das sind unangenehme Aussichten«, meinte er endlich.

»Was soll ich tun?«

»Vorläufig nichts. Geh nach Hause und überschlafe die Sache. Dieser Kerl könnte ein Einzelgänger sein, der ganz auf Bluff ausgeht. Aber ich glaube es nicht; sein Typ hört sich mehr nach Gangster an. Jedenfalls brauchen wir mehr Anhaltspunkte; wir können nichts unternehmen, solange sie sich nicht mehr exponieren.«

Wir brauchten nicht lange zu warten. Als ich am nächsten Morgen in mein Geschäft kam, erwartete mich eine Überraschung — mehrere, um es genauer zu sagen, und alle unangenehm.

Es sah aus, als ob es von Einbrechern geplündert, in Brand gesteckt und dann von einer Flutwelle überschwemmt worden wäre. Ich rannte zu Jedson, und er kam sofort herüber. Zuerst sagte er nicht viel, ging nur herum und stocherte in den Ruinen und untersuchte den Schutt. Ich sah, wie er an der Stelle haltmachte, wo der Lagerraum für die Eisenwaren gewesen war. Er wühlte eine Weile herum, hob schließlich eine Handvoll nasser Asche und Schlamm auf. »Merkst du was?« fragte er und bewegte seine Finger, so daß das Zeug abtropfte und ein paar kleine Metallgegenstände in seiner Hand zurückließ — Nägel, Schrauben und dergleichen.

»Nichts Besonderes. Hier waren Schränke und Regale mit den Eisenwaren.«

»Ja, ich weiß«, sagte er ungeduldig. »Aber hattest du nicht eine Menge Messingarmaturen gelagert?«

»Doch.«

»Nun, dann zeige mir ein Messingstück!«

Ich stieß mit der Schuhspitze an einer Stelle herum, wo ein Haufen Messingscharniere und -beschläge unter der Asche liegen sollte. Ich fand nichts, nur die Nägel, die die Schränke zusammengehalten hatten. Ich orientierte mich noch einmal, so gut ich konnte, und versuchte es wieder. Ich fand Nieten, Haken, Schrauben und ähnliches Kleinzeug, aber nichts aus Messing.

Jedson beobachtete mich mit sardonischem Grinsen.

»Na, was hast du?« fragte ich etwas gereizt.

»Siehst du nicht?« erwiderte er. »Es ist Magie, kein Zweifel. In diesem ganzen Areal ist kein Gramm Metall zurückgeblieben, ausgenommen kaltes Eisen!«

Es war einleuchtend genug. Ich hätte es selber sehen sollen.

Er wühlte noch eine Weile herum, und nach kurzer Zeit stießen wir auf etwas Sonderbares. Es war eine schleimige, nasse Spur, die sich durch meinen Besitz schlängelte und schließlich in einem Gully im Hof verschwand. Sie sah aus, als ob eine Riesenschnecke, etwa von der Größe eines Volkswagens, durch mein Anwesen gekrochen wäre.

»Eine Undine«, verkündete Jedson und rümpfte die Nase über den Geruch. »Ich habe mal einen Film mit dem Titel ›Des Wasserkönigs Tochter‹ gesehen. Danach waren Undinen wollüstig genug, um einen neunzigjährigen Bischof in Gewissenskonflikte zu stürzen, aber wenn sie solche Fährten hinterließen, wollte ich nichts von ihnen.«

Er nahm sein Taschentuch heraus und breitete es aus, um sich ohne Gefahr für seinen sauberen Anzug auf etwas zu setzen, das einmal Zementsäcke gewesen waren — eine rasch abbindende Sorte mit dem Handelsnamen Hydrolith. Ich hatte achtzig Cents pro Sack für das Zeug bekommen; jetzt waren es nur noch Steinblöcke.

»Archie, du bist von wenigstens dreien der vier alten Elemente geschädigt worden — Erde, Feuer und Wasser. Vielleicht war auch ein Luftgeist daran beteiligt, aber das kann ich nicht beweisen. Zuerst kamen die Gnomen und räumten alles aus, was aus der Erde gekommen war, bis auf kaltes Eisen. Ein Feuerdämon folgte ihnen und setzte das Geschäft in Brand, verbrannte alles Brennbare und versengte den Rest. Dann verwandelte die Undine das Ganze in einen verdammten Sumpf und ruinierte alles, was nicht brennen wollte, wie Zement und Kalk. Bist du versichert?«

»Natürlich.« Aber dann begann ich zu überlegen. Ich hatte die übliche Versicherung gegen Feuer, Diebstahl und Wasserschaden, aber eine Geschäftsrisiko-Versicherung kommt ziemlich teuer; ich war nicht gegen die Verluste versichert, die mein Geschäft in der Zwischenzeit erleiden würde, noch hatte ich eine Möglichkeit, meine laufenden Verträge zu erfüllen.

Die Situation war schlimmer, als ich gedacht hatte, und je länger ich darüber nachdachte, desto schlechter sah sie aus. Natürlich konnte ich keine neuen Aufträge annehmen, bis der Schutt weggeräumt, das Haus wieder aufgebaut und neue

Vorräte auf Lager waren. Zum Glück waren meine meisten Papiere in einem feuersicheren Safe; aber keineswegs alle. Da gab es offene Konten und Außenstände, die ich nie kassieren könnte, weil ich nichts vorzuweisen hatte. Ich arbeitete mit einer kleinen Gewinnspanne, und mein ganzes Kapital steckte im Betrieb. Es begann auszusehen, als ob die Firma Archibald Fraser bankrott machen würde.

Ich erklärte Jedson die Situation.

»Nur keine überstürzten Folgerungen«, sagte er. »Was Magie anrichten kann, kann Magie rückgängig machen. Was wir jetzt brauchen, ist der beste Magier in der Stadt.«

»Wer soll das Honorar zahlen?« widersprach ich. »Diese Leute arbeiten nicht für ein Trinkgeld, und ich bin blank.«

»Langsam, Junge«, sagte Jedson. »Die Versicherungsfirma, die dein Risiko trägt, muß einen größeren Verlust hinnehmen als du. Wenn wir ihnen einen Weg zeigen, wie sie bei dieser Sache Geld sparen können, können wir ein Geschäft mit ihnen machen. Wer vertritt die Gesellschaft hier?«

Ich sagte es ihm, und dann entdeckte ich mein Büromädchen und sagte ihr, sie solle alle die Kunden anrufen, die an diesem Tag Lieferungen erhalten sollten. Sie sollte Terminverschiebungen aushandeln, wo es ging, und die dringenden Sachen auf eine Firma übertragen, mit der ich in der Vergangenheit schon häufiger Gefälligkeiten ausgetauscht hatte. Das übrige Personal schickte ich nach Hause — die Leute hatten seit acht Uhr herumgestanden, nutzlose Bemerkungen gemacht und wurden mir allmählich lästig. Zum Glück war es ein Samstag; wir hatten annähernd achtundvierzig Stunden Zeit, um uns eine Antwort einfallen zu lassen.

Mein Versicherer war in seinem Büro — Mr. Wiggin von der Firma Wiggin, Snead & McClatchey. Er hatte bereits von meinem »Feuer« gehört, aber als Jedson ihm seine Überzeugung erläuterte, daß Magie dahinterstecke, wurde er störrisch.

»Sind Sie Experte in Magie, Mr. Wiggin?« fragte Jedson.

»Kann ich nicht sagen.«

»Nun, ich habe selber keine Lizenz, aber es ist seit vielen Jahren mein Hobby. In diesem Fall gibt es keinen Zweifel für mich; Sie können Gutachten von unabhängigen Experten anfordern, wenn Sie wollen — sie werden meine Meinung bestätigen. Ich erwähne diesen Umstand nur, weil ich eine Möglichkeit sehe, viel von dem Verlust einzusparen. Sie haben Autorität, Versicherungsfälle zu regeln, nicht wahr?«

»Nun, ich glaube, ich darf das bejahen — unter Berücksichtigung der gesetzlichen Beschränkungen und der Bedingungen des Versicherungsvertrags.« Ich glaube, er hätte freiwillig nicht zugegeben, daß fünf Finger an seiner rechten Hand waren.

»Dann ist es Ihre Aufgabe, die Verluste Ihrer Firma nach Möglichkeit gering zu halten«, sagte Jedson. »Wenn ich einen Magier finde, der den Schaden ganz oder zu einem Teil beheben kann, werden Sie dann garantieren, daß das Honorar von seiten Ihrer Firma in angemessener Höhe von, sagen wir 25 Prozent der Schadenssumme ausbezahlt wird?«

Wiggin zögerte und wand sich und sagte, er sehe nicht, wie das zu machen sei. Überdies sei mein Anspruch noch nicht bewilligt; ich hätte es unterlassen, meine Gesellschaft über meinen Besucher vom Vortag zu informieren, was meinen Anspruch möglicherweise fraglich mache. Auf jeden Fall sei es eine ernste Angelegenheit, über die er nicht befinden könne, ohne die Hauptniederlassung zu konsultieren.

Jedson stand auf. »Ich sehe, daß wir nur unsere Zeit verschwenden, Mr. Wiggin. Ihre Andeutung über Mr. Frasers mögliche Verantwortlichkeit ist lächerlich, das wissen Sie selber. Er ist nach dem Vertrag nicht verpflichtet, Sie über den Besucher zu informieren, und selbst wenn es so wäre, hat er es innerhalb der vierundzwanzigstündigen Frist getan, die für solche Verständigungen vorgesehen ist. Ich glaube, wir konsultieren am besten selbst Ihre Hauptniederlassung.« Und er griff nach seinem Hut.

Wiggin hob beide Hände.

»Meine Herren, meine Herren, bitte! Lassen Sie uns nichts

überstürzen. Ist Mr. Fraser einverstanden, die Hälfte des Honorars zu zahlen?«

»Nein. Warum sollte er? Es ist Ihr Verlust, nicht seiner. Sie haben ihn versichert, nicht umgekehrt.«

Zwanzig Minuten später verließen wir sein Büro mit einem Dokument, das uns berechtigte, jeden beliebigen Magier für die Wiederherstellung meiner Geschäftsräume zu mieten, gegen ein Erfolgshonorar, das 25 Prozent der Versicherungssumme nicht übersteigen durfte.

Die Entscheidung, wen wir konsultieren sollten, kostete uns einige Überlegung.

Wir gingen in eine Kneipe, und während Jedson herumtelefonierte, trank ich ein Bier. Nach einer Weile kam er zurück und sagte: »Ich glaube, ich habe den Mann. Ich habe noch nie mit ihm zu tun gehabt, aber er hat den Ruf und die Ausbildung, und meine Bekannten meinen, er könne uns noch am ehesten helfen.«

»Wer ist es?« fragte ich.

»Doktor Fortescue Biddle. Er wohnt hier in dieser Straße. Wir können gleich hingehen.«

Dr. Biddles Praxis war eindrucksvoll. Er hatte seine Räume in der vierzehnten Etage eines neuen Geschäftshauses, und er hatte sich die Einrichtung etwas kosten lassen. Wir mußten fast eine halbe Stunde im Empfangsraum warten, dann kam ein sehr hübsches Mädchen und bat uns mit gedämpfter Stimme, ihr zu folgen.

Dr. Biddle war ein stattlicher Mann von würdevollem Auftreten. Er mochte etwa zehn Jahre älter sein als ich — Mitte Vierzig, vielleicht —, mit eisengrauen Schläfen und einem kleinen, steifen Schnurrbart. Sein Anzug war von der Art, wie man sie in den Modeseiten gepflegter Herrenjournale sieht, und er begrüßte uns mit vollkommener Höflichkeit. Wir nahmen in behaglichen Ledersesseln Platz, und er bot uns Zigaretten an, bevor geschäftliche Fragen erwähnt wurden.

Schließlich eröffnete er mit: »Ich nehme an, Mr. Ditworth hat Sie geschickt?«

Ich sah ihn an; der Name kam mir vertraut vor. Aber Jedson antwortete: »Nein, wieso? Warum glauben Sie das?«

Biddle zögerte einen Moment. »Das ist komisch. Ich war sicher, daß ich ihn Ihren Namen erwähnen hörte. Kennt einer von Ihnen Mr. Ditworth?«

Wir nickten beide zugleich und überraschten einander. Biddle sah erleichtert aus.

»Das ist zweifellos der Grund. Trotzdem — ich brauche noch ein paar Informationen. Wollen Sie mich entschuldigen, während ich ihn anrufe?«

Damit verschwand er. Ich hatte es noch nie gesehen. Jedson sagt, es gebe zwei Möglichkeiten, es zu tun. Die eine beruht auf Halluzination, die andere ist ein tatsächlicher Abgang durch die Halbwelt.

»Was diesen Ditworth angeht«, fing ich an, zu Jedson gewandt. »Ich wollte dich schon längst fragen . . .«

»Warte damit«, unterbrach er mich. »Jetzt ist keine Zeit.«

Biddle erschien wieder. »Es ist in Ordnung«, sagte er zu mir. »Ich kann Ihren Fall übernehmen. Sie sind wegen der Zerstörung Ihres Geschäfts gekommen, nehme ich an?«

»Ja«, sagte ich verdutzt. »Woher wissen Sie das?«

»Man hat so seine Methoden«, erwiderte er mit einem selbstgefälligen Lächeln. »Nun, was kann ich für Sie tun?«

Ich schaute Jedson an; er erklärte, was nach seiner Meinung stattgefunden hatte. »Ich weiß nicht, ob Sie auf Dämonologie spezialisiert sind oder nicht«, schloß er, »aber mir scheint, es sollte möglich sein, die verantwortlichen Mächte zur Reparatur des Schadens zu zwingen. Wenn Sie dazu in der Lage sind, zahlen wir Ihnen gern ein angemessenes Honorar.«

Biddle lächelte auf dies hin und blickte wie zufällig zu dem Sortiment von Diplomen, das die Wand hinter seinem Schreibtisch bedeckte. »Ich glaube, das sollte grundsätzlich möglich sein«, sagte er. »Erlauben Sie mir, daß ich mich kurz an Ort und Stelle umsehe . . .« Und er war wieder verschwunden.

Ich begann mich zu ärgern. Es ist sehr schön, wenn ein Mann in seinem Beruf gut ist, aber es gibt keinen Grund, eine Schau daraus zu machen. Doch bevor ich mich richtig erregen konnte, war er wieder zurück.

»Der Augenschein dürfte Mr. Jedsons Ansicht bestätigen; es sollte keine ungewöhnlichen Schwierigkeiten machen.« Er hüstelte. »Was nun die geschäftliche Seite angeht . . .«

Wir wurden bald handelseinig. Biddle bat uns, ihn in ungefähr fünfzehn Minuten am Schauplatz des Geschehens zu erwarten, und wir verließen das Haus und nahmen ein Taxi. Als wir eingestiegen waren, fragte ich Jedson nach Ditworth. »Woher kennst du ihn?«

»Er kam mit einem Vorschlag zu mir.«

»Hm-m-m.« Das interessierte mich. Auch mir hatte Ditworth einen Vorschlag gemacht, und der hatte mich beunruhigt. »Was für ein Vorschlag war das?«

Jedson zog seine Stirn in Falten. »Das ist nicht leicht mit wenigen Worten zu sagen — es war mit einem Verkaufsgespräch verbunden. Er sagte, er sei der örtliche Sekretär einer gemeinnützigen Gesellschaft, deren Ziel die Hebung des Niveaus der praktizierenden Magier sei.«

Ich nickte. Es war die gleiche Geschichte, die ich gehört hatte.

»Er sprach über die Unzulänglichkeit der bestehenden Lizenzbestimmungen und daß jeder die Zulassungsprüfung bestehen könne, wenn er nur ein paar Wochen ein schwarzes Buch studiert habe, ohne wirkliche Kenntnisse der arkanischen Gesetze. Seine Organisation wolle diesen Mißbrauch abstellen und verbindliche Maßstäbe durchsetzen. Wenn ich eine Verpflichtung unterzeichne, nur solche Magier zu beschäftigen, die den Anforderungen der Gesellschaft entsprächen, könne ich ihr Qualitätszertifikat ausstellen und ihr Wertsiegel für meine Waren verwenden.«

»Das hat er mir auch erzählt, Joe«, sagte ich, »und ich wußte nicht recht, wie ich mich dazu stellen sollte. Es klingt nicht schlecht, aber ich wollte nicht aufhören, mit Männern zusammenzuarbeiten, die mir in der Vergangenheit gute Dienste geleistet hatten. Ich kann ja nicht wissen, ob die Gesellschaft ihre Fähigkeiten anerkennen wird.«

»Welche Antwort hast du ihm gegeben?«

»Ich hielt ihn hin. Ich sagte ihm, daß ich nichts derart Bindendes unterzeichnen könne, ohne es mit meinem Anwalt durchzusprechen.«

»Sehr gut! Was sagte er darauf?«

»Er nahm es sehr gelassen auf und zeigte Verständnis. Er meinte, ich hätte recht und sollte mich gründlich informieren, und als er ging, ließ er Prospektmaterial und solche Sachen zurück. Weißt du etwas über ihn? Ist er selber ein Magier?«

»Nein. Er ist Rechtsanwalt und sitzt in einem Dutzend oder mehr Aufsichtsräten großer Gesellschaften. Soviel ich weiß, hat er seine Anwaltspraxis abgegeben und widmet seine ganze Zeit den geschäftlichen Interessen.«

»Er macht einen seriösen Eindruck.«

Jedson nickte. »Aber ich habe noch etwas herausgebracht. Ich habe mir die Eintragungsakte seiner gemeinnützigen Gesellschaft angesehen. Es waren nur drei Namen verzeichnet, sein eigener und zwei andere. Ich fand, daß die beiden anderen seine Angestellten sind — sein Sekretär und seine Empfangsdame.«

»Eine Scheinorganisation?«

»Zweifellos. Aber daran ist nichts Ungewöhnliches.«

Wir mußten unser Gespräch abbrechen, denn wir waren am Ziel, und als wir ausstiegen, sah ich, daß Dr. Biddle schon da war und seine Vorbereitungen in Angriff genommen hatte. Er hatte einen kleinen Kristallpavillon von ungefähr vier Quadratmetern Grundfläche aufgestellt, um darin zu arbeiten. Das ganze Gelände war zur Straßenseite durch einen sehr feinen, aber völlig undurchsichtigen Schleier gegen neugierige Blicke abgeschirmt. Jedson warnte mich, ihn nicht zu berühren.

Ich muß sagen, er arbeitete ohne den üblichen Hokuspokus. Er begrüßte uns kurz und betrat seinen Pavillon, wo er sich auf einen Stuhl setzte und ein Loseblatt-Notizbuch aus der Tasche zog, um darin zu lesen.

Einige Minuten lang geschah nichts. Nach und nach wurden die Wände des Pavillons trübe, so daß man nicht mehr genau sehen konnte, was im Innern vorging. Etwa zu diesem Zeitpunkt merkte ich, daß außer Biddle noch jemand im Pavillon war. Ich konnte nicht deutlich sehen, wer oder was es war, und um ehrlich zu sein, ich wollte es auch nicht sehen.

Wir konnten nicht hören, was gesprochen wurde, aber es war ein Streit im Gange, das war evident. Biddle stand auf und fuchtelte mit den Armen. Das Ding — oder was es war — warf den Kopf zurück und lachte. Darauf blickte Biddle in unsere Richtung und machte eine rasche Gebärde mit der Rechten.

Die Wände des Pavillons wurden sofort undurchsichtig, und wir sahen nichts mehr.

Ungefähr fünf Minuten später kam Biddle aus seinem Arbeitsraum, der prompt hinter ihm verschwand. Sein Haar war durcheinander. Schweiß tropfte von seinem Gesicht, und sein Kragen war durchnäßt. Schlimmer noch, sein Selbstbewußtsein war angeschlagen.

»Nun?« fragte Jedson.

»Es ist leider nichts zu machen, Mr. Jedson — absolut nichts. In dieser Angelegenheit kann Ihnen keiner helfen. Geben Sie es auf, meine Herren. Vergessen Sie es. Das ist mein Rat.«

Jedson betrachtete ihn schweigend und mit spekulativen Blicken. Ich blieb still. Biddle begann seine Selbstsicherheit wiederzugewinnen. Er rückte seinen Schlips zurecht, fuhr sich durch die Haare und fügte hinzu: »Ich muß zurück in mein Büro. Das Honorar für mein Gutachten beträgt fünfhundert Dollar.«

Ich war sprachlos, aber Jedson tat, als habe er ihn nicht verstanden. »Ja, das wäre zweifellos ein angemessener Betrag«, bemerkte er. »Nur schade, daß Sie ihn nicht verdient haben. Tut mir leid.«

Biddle wurde rot, wahrte aber seine Höflichkeit. »Anscheinend mißverstehen Sie mich, Sir. Nach dem Vertrag, den ich mit Mr. Ditworth abgeschlossen habe, ist es approbierten Thaumaturgen nicht erlaubt, kostenlose Beratungen zu bieten. Sie schaden dem Ansehen des Berufsstandes. Das erwähnte Honorar ist die Minimalgebühr für einen Magier meiner Klassifikation, gleichgültig, um welche geleisteten Dienste es sich handelt.«

»Ich sehe«, antwortete Jedson ruhig. »Das sind die Kosten, die einem entstehen, wenn man Ihr Büro betritt. Aber das haben Sie uns nicht gesagt, also ist es hier nicht anwendbar. Was Mr. Ditworth angeht, so sind wir durch Verträge, die Sie mit ihm abschließen, in keiner Weise gebunden. Ich rate Ihnen, in Ihr Büro zurückzukehren und noch einmal unseren Kontrakt zu lesen. Wir schulden Ihnen nichts.«

Ich dachte, diesmal werde Dr. Biddle die Beherrschung verlieren, aber alles was er sagte war: »Ich lasse mich nicht auf einen Wortwechsel mit Ihnen ein. Sie werden von mir hören.« Darauf verschwand er wie weggewischt.

Ich hörte ein Lachen hinter mir und fuhr herum, bereit, jemandem den Kopf abzubeißen. Ich hatte einen aufregenden Tag hinter mir und vertrug es nicht, hinter meinem Rücken ausgelacht zu werden. Ein jüngerer Mann stand da, etwa in meinem Alter. »Wer sind Sie und worüber lachen Sie?« schnappte ich. »Dies ist Privatbesitz.«

»Ich lachte Sie nicht aus«, sagte er mit entwaffnendem Grinsen. »Die Situation war amüsant.«

»Was machen Sie hier?« fragte Jedson.

»Ich? Ach ja, ich schulde Ihnen wohl eine Erklärung. Sehen Sie, ich bin selber in dem Geschäft . . .«

»Bauwesen?«

»Nein — Magie. Hier ist meine Karte.« Er gab sie Jedson, der sie nach einem Blick zu mir weiterreichte. Ich las:

Jack Bodie
Lizenzierter Magier 1. Kl.
Telefon Crest 3840

»Wissen Sie, ich hörte ein Gerücht in der Halbwelt, daß einer von den großen Bonzen hier und heute eine schwierige Nummer aufführen würde. Das wollte ich mir nicht entgehen lassen. Aber wie sind Sie auf Biddle gekommen? Für solche Sache ist er nicht der richtige Mann.«

»Glauben Sie, daß Sie mehr Erfolg haben würden?« fragte ich.

»Wahrscheinlich nicht, aber ich bin nicht so eingebildet wie Biddle und versuche es lieber gar nicht erst. Hören Sie — suchen Sie jemand, der wirklich mit dieser Aufgabe fertig werden kann?«

»Natürlich«, sagte ich. »Warum wären wir sonst hier?«

»Sie haben die Sache falsch angefaßt. Biddle hat seinen Ruf hauptsächlich dadurch errungen, daß er in Heidelberg und Wien studiert hat. Aber für die Magie hat das gar keine Bedeutung. Ich wette, es ist Ihnen keinen Augenblick in den Sinn gekommen, sich an eine Hexe alten Stils zu wenden.«

Jedson sagte: »Ich lerne immer gern dazu; wen schlagen Sie vor?«

»Kennen Sie Mrs. Amanda Todd Jennings? Sie wohnt drüben im alten Teil der Stadt.«

»Jennings . . . Jennings . . . Meinen Sie vielleicht das alte Mädchen, das die Leute Oma Jennings nennen? Aber die ist keine Hexe; sie ist eine Wahrsagerin.«

»Das denken Sie. Es ist wahr, daß sie keine reguläre kommerzielle Praxis hat; schließlich ist sie neunzig Jahre älter als der Weihnachtsmann. Aber sie hat mehr Magie in ihrem kleinen Finger, als Sie in Salomons Buch finden werden.«

Jedson sah mich an. Ich nickte, und er sagte: »Glauben Sie, daß man sie bewegen könnte, diesen Fall zu übernehmen?«

»Sie wird es tun, wenn sie Gefallen an Ihnen findet.«

»Was für eine Regelung stellen Sie sich vor?« fragte ich. »Sind zehn Prozent Vermittlungsprovision angemessen?«

Er machte ein bestürztes Gesicht.

»Nein, ich kann da nichts nehmen; sie war mein ganzes Leben lang gut zu mir. «

»Wenn der Tip gut ist, sollten Sie nicht leer ausgehen«, beharrte ich.

»Ach nein, lassen wir das. Vielleicht haben Sie eines Tages Arbeit auf meinem Gebiet und denken dann an mich. Das ist genug.«

Bald darauf waren wir wieder unterwegs, ohne Bodie. Er hatte anderswo zu tun, versprach uns aber, Mrs. Jennings unseren Besuch anzukündigen.

Das Haus war nicht schwer zu finden. Es war eine alte, schmale Straße, von hohen Ulmen überwölbt, und das Haus war ein kleines, einstöckiges Ding in einem etwas verwilderten Garten. Eine schöne alte Kletterrose hing über dem Eingang.

Jedson zog an der Handglocke, und wir warteten mehrere Minuten lang. Ich studierte die kaleidoskopartig zusammengesetzten und in Blei gefaßten farbigen Glassplitter in den Seitenteilen der Tür und fragte mich, ob es noch jemanden geben mochte, der Arbeiten dieser Art ausführen konnte.

Dann ließ sie uns ein. Sie war so unglaublich klein, daß ich unversehens auf ihren Scheitel herabstarrte, wo durch die dünnen weißen Haarsträhnen die Kopfhaut zu sehen war. Sie konnte mit Hut und Mantel nicht mehr als siebzig Pfund wiegen, aber sie hielt sich trotz ihres offensichtlich biblischen Alters sehr aufrecht und musterte uns mit lebhaften schwarzen Augen, die zu Katharina der Großen gepaßt hätten.

»Guten Morgen«, sagte sie. »Treten Sie ein.«

Sie führte uns durch Portieren in einen kleinen Vorraum, von dort in ihr Wohnzimmer, sagte: »'runter da, Seraphin!« zu einer Katze auf einem Stuhl, und bot uns Platz an. Die Katze sprang herunter, ging würdevoll fort, setzte sich dann nieder, legte ihren Schwanz ordentlich um die sorgfältig placierten Pfoten und schaute uns mit der gleichen ruhigen Abschätzung an wie ihre Herrin.

»Mein Junge Jack sagte mir, daß Sie kämen«, fing sie an. »Sie sind Mr. Fraser, und Sie sind Mr. Jedson. Sie möchten über Ihre Zukunft erfahren, vermute ich. Welche Methode ziehen Sie vor — Ihre Handflächen, die Sterne, die Karten?«

Ich schickte mich an, Ihr Mißverständnis aufzuklären, als Jedson mir zuvorkam. »Ich denke, wir überlassen die Methode am besten Ihnen, Mrs. Jennings.«

»Gut. Dann werden wir es mit Teeblättern machen. Es dauert nicht lange.« Sie eilte geschäftig hinaus, und gleich darauf hörten wir sie in der Küche hantieren.

Als sie zurückkehrte, sagte ich: »Ich hoffe, wir bereiten Ihnen keine Ungelegenheiten, Mrs. Jennings.«

»Ganz und gar nicht«, versicherte sie mir. »Ich trinke gern eine Tasse Tee am Morgen. Das tut dem Körper gut.«

Bald kochte das Teewasser. Sie lief wieder in die Küche und kehrte mit einem Tablett voll Teeutensilien zurück. Nachdem jeder von uns eine Tasse Tee mit dem angemessenen Zeremoniell geleert hatte, nahm sie Jedsons Tasse und betrachtete den Satz.

»Nicht viel Geld da«, beschied sie ihn. »Aber Sie werden auch nicht viel brauchen; es ist ein schönes, erfülltes Leben, denn eines Tages werden Sie Ihre wahre Berufung erkennen und bereit dafür sein.«

Ich reichte ihr meine Tasse. Sie studierte den Rückstand darin und sagte nach einer Weile: »Nun, Sie haben nicht den klaren Blick Ihres Freundes, aber Sie haben die Einsicht, die Sie für Ihre Arbeit brauchen. Ich sehe Geld hier, Archie Fraser. Sie werden viel Geld verdienen.«

»Sehen Sie einen Rückschlag in meinem Geschäft?« fragte ich rasch.

»Nein. Sehen Sie selbst.« Ich beugte mich über die Tasse und starrte hinein. Einige Sekunden lang schien es mir, als könne ich durch die Oberfläche eine lebendige Szene sehen. Es war mein eigenes Geschäft, aber an der Ostseite des Grundstücks war ein neuer Anbau, und auf dem Hof standen zwei schöne neue Fünftonner-Lastwagen, die in großen weißen Buchstaben meinen Namen trugen!

Während ich starrte, sah ich mich aus dem Büro auf die

Straße gehen. Ich trug einen neuen Hut, aber der Anzug war derselbe, den ich hier in Mrs. Jennings Wohnzimmer trug.

»Sie haben gesehen«, sagte Mrs. Jennings, »Ihr Geschäft braucht Sie nicht zu beunruhigen. Sie haben zwei mögliche Wege in die Zukunft. Lassen Sie Ihren Verstand regieren und bekümmern Sie Ihre Seele nicht mit Dingen, die nicht sein können.« Sie berührte die Oberfläche des Rückstands in der Tasse; die Teeblätter bewegten sich. Dann stellte sie die Tasse weg und sagte unvermittelt zu uns beiden: »Sie sind nicht gekommen, um sich die Zukunft deuten zu lassen; Sie suchen Hilfe anderer Art.«

Es war eine Feststellung, keine Frage.

»Ja, das ist wahr«, sagte Jedson. »Gibt es Hilfe?«

»Ich denke«, antwortete die Alte. »Sie hätten sich nicht an Biddle wenden sollen, aber das war ein verständlicher Irrtum. Gehen wir also.« Ohne weiteres Palaver nahm sie ihren Mantel, ihre Handschuhe und eine Tasche, setzte einen lächerlichen alten Hut auf ihren Kopf und trieb uns vor sich her aus dem Haus. Es gab keine Diskussion über Vertragsbedingungen und dergleichen; das war offenbar nicht nötig.

Als wir zu den Ruinen meines Geschäfts kamen, war ihr Arbeitsraum bereits aufgestellt. Es war keine Luxusangelegenheit wie Biddles Pavillon, sondern nur ein altes, rechteckiges Zelt in bunten Farben und oben in eine Spitze zulaufend. Sie schob den Vorhang von der Türöffnung und ließ uns eintreten. Das Innere war düster, aber sie zündete eine große Kerze an und stellte sie in ein Loch in der Mitte des Raumes. Im Kerzenlicht zeichnete sie fünf Kreise auf den Boden — zuerst einen großen, dann einen etwas kleineren davor. Zwei weitere flankierten den ersten und größten Kreis. Diese waren so groß, daß ein Mann darin stehen konnte, und sie wies uns an, es zu tun. Zuletzt zeichnete sie einen letzten Kreis etwas abseits; er hatte einen Durchmesser von vielleicht dreißig Zentimetern.

Nun malte sie eine Menge kabbalistische Zeichen in die

verschiedenen Kreise, zündete zwei weitere Kerzen an und placierte sie rechts und links von der ersten. Darauf stieß sie den Dolch, mit dem sie die Zeichnungen in die Erde geritzt hatte, so hart in den oberen Teil des großen Kreises, daß er zitterte. Er vibrierte die ganze Zeit weiter.

Sie stellte einen kleinen Faltstuhl in die Mitte des größten Kreises, setzte sich, nahm ein kleines Buch zur Hand und begann mit einem stimmlosen Wispern daraus zu lesen. Ich konnte die Worte nicht verstehen, und vermutlich sollte ich es auch nicht. Diese Lesung dauerte eine ganze Zeit. Ich blickte umher und sah, daß der kleine Kreis abseits nun besetzt war — von Seraphin, der Katze. Wir hatten sie im Haus eingeschlossen zurückgelassen. Sie saß still da und beobachtete mit würdigem Interesse, was vorging.

Endlich klappte die Alte das Buch zu und warf eine Prise Pulver in die Flamme der größten Kerze. Es verpuffte und verbreitete eine große Rauchwolke. Ich weiß nicht genau, was dann passierte, weil der Rauch in meinen Augen brannte und ich zwinkern mußte; außerdem sagte Jedson, ich verstünde nichts von Sinn und Zweck einer Beräucherung. Aber ich ziehe es immer vor, meinen Augen zu vertrauen. Entweder verdichtete diese Rauchwolke sich zu einem Körper, oder sie tarnte einen Eintritt, eins oder das andere.

In der Mitte des Kreises vor Mrs. Jennings stand ein kleiner, gedrungener und kraftvoller Mann, höchstens einen Meter zwanzig groß. Seine Schultern waren ein gutes Stück breiter als meine, und seine Oberarme waren dick wie meine Schenkel und mit Muskeln bepackt. Er trug eine Art Lendenschurz und eine spitze Kappe. Seine Haut war haarlos, aber grob und erdig in der Struktur, dunkelbraun in der Farbe. Seine Augen, grünleuchtend, blitzten in unterdrückter Wut.

»Soso!« sagte die Alte munter. »Du hast lange genug gebraucht, um hierher zu kommen! Was hast du zu deiner Verteidigung zu sagen?«

Er antwortete mürrisch wie ein verstockter Junge, der sich erwischt sieht, aber nichts bereut, in einer gutturalen und kratzenden Sprache. Sie hörte eine Weile zu, dann unterbrach sie ihn zornig.

»Es ist mir egal, wer es dir gesagt hat; du hast dich vor mir zu verantworten! Ich verlange, daß dieser Schaden repariert wird, und zwar sofort!«

Er widersprach wütend, und sie antwortete in seiner Sprache, so daß ich nicht mehr folgen konnte. Aber es war klar, daß der Wortwechsel mich betraf; er warf mir mehrere giftige Blicke zu und spuckte schließlich in meine Richtung.

Mrs. Jennings holte aus und schlug ihm den Handrücken hart über den Mund. Er sah sie an, Mordlust in den Augen, und sagte etwas.

»So?« antwortete sie, packte ihn im Nacken und zog ihn mit dem Gesicht nach unten über ihren Schoß. Sie zog sich einen Schuh aus und drosch wacker auf ihn ein. Er blieb still, aber bei jedem Schlag zuckte er zusammen.

Als sie fertig war, stand sie auf und ließ ihn zu Boden kollern. Er krabbelte auf die Füße und sprang in seinen eigenen Kreis zurück, wo er stand und seine Rückseite rieb. Die Augen der Alten blitzten, und ihre Stimme klang wie eine Folge elektrischer Entladungen; nichts Gebrechliches war an ihr.

»Ihr Gnomen übernehmt euch«, schalt sie. »Noch nie habe ich so etwas gehört! Das nächstemal hole ich deine Leute, damit sie zusehen, wie du den Hintern voll bekommst! Weg mit dir. Bring deine Leute zur Arbeit, rufe deinen Bruder und deines Bruders Bruder. Beim großen Tetragrammaton, mache dich fort und an die Arbeit!«

Er verschwand.

Unser nächster Besucher kam fast sofort. Er erschien als ein kleiner Funke in der Luft, wuchs dann zu einer lebenden Flamme, einem Feuerball von Kinderkopfgröße. Er schwebte in Höhe von Mrs. Jennings Augen über dem Mittelpunkt des zweiten Kreises. Er tanzte und wirbelte und flammte und schien sich von nichts zu nähren. Obwohl ich noch nie einen gesehen hatte, wußte ich, daß es ein Feuerdämon war. Es konnte nichts anderes sein.

Die alte Zauberin sah ihm eine Weile zu. Ich merkte, daß sie sich an seinem Tanz ebenso erfreute wie ich. Es war ein vollkommenes und schönes Ding, ohne einen Fehler. Es war voll Leben, voll singender Freude, ohne ein Verhältnis zu Dingen wie Recht und Unrecht oder anderen menschlichen Begriffen. Seine Harmonie von Farbe und Form war Selbstzweck. Sogar die Katze schnurrte.

Mrs. Jennings sprach mit hoher, klarer Stimme und in einem singenden Tonfall, der keine Worte hatte. Das Ding antwortete in reinen, flüssigen Noten, während die Farben seiner Aura im gleichen Rhythmus variierten. Die Alte wandte sich zu mir und sagte: »Er gibt bereitwillig zu, daß er Ihr Haus verbrannt hat, aber er wurde dazu eingeladen und ist nicht fähig, Ihren Standpunkt zu verstehen. Ich möchte ihn nicht gegen seine Natur zu etwas zwingen. Gibt es irgend etwas, das Sie ihm bieten können?«

Ich dachte nach. »Sagen Sie ihm, wenn es ihm gefällt, werde ich in meinem Haus einen offenen Kamin bauen, wo er wohnen kann, wann immer er will.«

Sie nickte zustimmend und sprach wieder. Die musikalische Diskussion führte offenbar rasch zu einer Einigung, denn Mrs. Jennings nickte befriedigt zu mir und sprach mit erhobenen Händen eine Formel, worauf der Feuerdämon verschwand.

Die Undine kam nicht gleich zum Vorschein. Mrs. Jennings nahm von neuem ihr Buch zur Hand und las mit ihrem monotonen Wispern. Ich wurde ein wenig schläfrig, denn im Zelt war es warm und stickig. Plötzlich fing die Katze zu fauchen an, und ich sah, daß etwas in den Kreis gekommen war, ein formloses Ding, das tropfte und seine schleimige Flüssigkeit bis an die Grenze des magischen Zirkels ausbreitete. Ein nasser, phosphoreszierender Schimmer ging von ihm aus, und es roch nach Fisch und Tang.

»Du bist spät«, sagte die Alte. »Du hast meine Botschaft erhalten; warum wartetest du, bis ich dich zwang?«

Das Ding hob sich mit einem klebrigen, schmatzenden

Laut und sackte wieder herab, gab aber keine Antwort — zumindest keine, die mir verständlich war.

»Auch gut«, sagte Mrs. Jennings entschlossen. »Ich werde nicht mit dir streiten. Du weißt, was ich will. Du wirst es tun!« Sie stand auf und ergriff die große Kerze. Ihre Flamme flakkerte zu einer meterlangen Fackel hoch, und mit dieser Waffe stieß die Zauberin nach der Undine.

Ein Zischen und ein gurgelnder Schrei folgten. Sie stieß wieder und wieder zu, und als sie innehielt, lag das quallige Etwas zitternd und in sich zusammengezogen.

»Das sollte reichen!« sagte Mrs. Jennings zornig. »Nächstesmal wirst du deiner Herrin gehorchen. Fort mit dir!« Das Ding schien im Boden zu versinken und hinterließ die Erde staubtrocken.

Mrs. Jennings bedeutete uns, in ihren Kreis zu treten, und durchbrach die unsrigen mit ihrem Dolch, damit wir ihrer Aufforderung folgen konnten. Seraphin sprang mit einem leichten Satz aus ihrem kleinen Kreis in den großen und rieb sich schnurrend an ihrer Herrin. Die Zauberin murmelte eine Serie von magischen Formeln und Silben und klatschte scharf in die Hände.

Ein Brausen und Tosen hob an. Die Zeltwände klatschten gegen die Stangen, blähten sich auf. Ich hörte Wasser glucksen und Feuer knattern und dazwischen das trappelnde Hin und Her eiliger Schritte. Die Zauberin blickte von einer Seite zur anderen, und wohin ihr Blick fiel, wurde die Zeltwand transparent. Ich gewann flüchtige Eindrücke von einer unvorstellbaren Konfusion.

Dann hörte alles mit einer Plötzlichkeit auf, die mich erschreckte. Die Stille klang in unseren Ohren. Das Zelt war fort; wir standen im Hof zwischen meinem Ladengebäude und dem Lagerschuppen.

Alles war wie zuvor! Unbeschädigt, ohne eine Spur von Feuer- oder Wasserschaden. Ich stürzte zur Durchfahrt und auf die Straße, um die Frontseite mit meinem Büro zu sehen. Alles war, wie es immer gewesen war, die Schaufenster spiegelten das Sonnenlicht, und auf dem Dach glänzte die vertraute Neonschrift.

Jedson kam heraus und faßte mich am Arm. »Worüber heulst du denn, Archie?«

Ich starrte ihn an. Ich war mir nicht bewußt geworden, daß ich weinte.

Am Montagmorgen nahm das Geschäft wie gewöhnlich seinen Fortgang. Ich glaubte, alles sei wieder normal und meine Schwierigkeiten vorüber. Mein Optimismus war voreilig.

Es war nichts Besonderes, nur die gewöhnlichen Wechselfälle, die kleinen Schwierigkeiten, die bei jeder Arbeit auftreten und verzögernd wirken. Man rechnet damit und schreibt sie höherer Gewalt zu. Keine von ihnen wäre es wert gewesen, für sich allein erwähnt zu werden. Es gab nur einen bemerkenswerten Umstand: Sie ereigneten sich zu häufig. In meinem Geschäft gab es so viele kleine Pannen und Schwierigkeiten, daß meine Gewinnspanne aufgefressen wurde.

Eines Morgens wollten zwei von meinen drei Lastwagen nicht starten. Wir konnten die Ursache nicht ausfindig machen; ich mußte sie in eine Werkstatt schleppen lassen und einen Lastwagen als Ergänzung zu meinem einen verbliebenen mieten. Wir konnten unsere Lieferungen machen, aber ich hatte die Leihwagenmiete, die Reparaturrechnung und vier Überstunden der Fahrer zu bezahlen. Der Tag brachte einen Nettoverlust.

Am folgenden Tag war ich gerade dabei, ein Geschäft mit einem Mann abzuschließen, mit dem ich schon seit ein paar Jahren in Verbindung zu kommen suchte. Es war kein großer Auftrag, aber wenn ich ihn pünktlich und zu seiner Zufriedenheit erledigte, konnte ich mit anderen und lohnenderen Aufträgen für die Zukunft rechnen, denn der Mann war reich und besaß Häuser und Grundstücke in allen Teilen der Stadt. Er hatte immer Reparaturaufträge zu vergeben, und jedes Jahr kamen ein bis zwei größere Neubauprojekte in Frage. Ich sah ihn schon als meinen ständigen, prompt zahlenden Kunden.

Wir standen im Ausstellungsraum außerhalb meines Büros und unterhielten uns über Materialien und Preise. Es war sozusagen das Vorstadium des Abschlusses. Ungefähr einen Meter neben uns stand eine sauber geschichtete Pyramide aus Kübeln mit Rostschutzfarbe. Ich kann schwören, daß keiner von uns sie berührte, aber sie fiel mit einem Höllenlärm um. Der Schreck war schon schlimm genug, aber um das Maß vollzumachen, flog der Deckel von einem Kübel, und mein Reflektant wurde mit roter Farbe übergossen. Er stieß einen entsetzten Laut aus, und ich dachte, er würde ohnmächtig. Ich zog ihn zurück in mein Büro, wo ich seinen Anzug vergeblich mit meinem Taschentuch betupfte, während ich mich bemühte, ihn zu beruhigen.

Es war nicht viel zu machen.

»Fraser«, wütete er, »ich verlange, daß Sie den Mann entlassen, der diese Farbkübel umgeworfen hat! Sehen Sie mich an! Der Anzug ist ruiniert! Hundertsechzig Dollar hat er mich gekostet!«

»Wir wollen nicht vorschnell urteilen«, sagte ich begütigend, meinen eigenen Unmut zügelnd. Ich entlasse keine Leute, nur um einem Kunden gefällig zu sein, und Forderungen dieser Art gefallen mir schon gar nicht. »Außer uns beiden war niemand in der Nähe dieser Kübel.«

»Wahrscheinlich glauben Sie, ich hätte es getan?«

»Keineswegs. Ich weiß, daß Sie es nicht waren.« Ich richtete mich auf, wischte meine Hände ab, ging an den Schreibtisch und holte mein Scheckbuch heraus.

»Dann müssen Sie selbst es getan haben!«

»Ich glaube es nicht«, antwortete ich geduldig. »Wie hoch, sagten Sie, war der Wert des Anzugs?«

»Warum?«

»Ich möchte Ihnen einen Scheck über den Betrag ausstellen.« Ich war durchaus bereit dazu. Ich fühlte mich nicht schuldig, aber es war in meinen Geschäftsräumen passiert.

»So einfach kommen Sie mir nicht weg!« antwortete er unvernünftig. »Es geht nicht allein um die Kosten für einen neuen Anzug . . .« Er knallte den Hut auf seinen Kopf und stampfte hinaus. Ich kannte seinen Ruf; ich hatte ihn zum letztenmal gesehen.

Das sind die Dinge, die ich meine. Natürlich könnte es ein Unfall gewesen sein, der durch ungeschicktes Aufstapeln der Farbkübel verursacht worden war. Aber es könnte auch ein Poltergeist gewesen sein.

An einem der nächsten Tage besuchte mich Ditworth wegen Biddles fragwürdiger Forderung. Ich war Tag und Nacht diesem nichtendenwollenden Strom von kleinen Verdrießlichkeiten ausgesetzt gewesen und begann die Ruhe zu verlieren. Erst an diesem Morgen hatte eine Kolonne farbiger Maurer auf einer meiner Baustellen die Arbeit niedergelegt, weil irgendein Idiot Kreidezeichen auf einige der Ziegel gekritzelt hatte. Sie sagten, es seien »Hexenmale« und wollten keinen Stein anrühren. Ich war nicht in der Stimmung, mich von Mr. Ditworth aufhalten zu lassen.

»Guten Tag, Mr. Fraser«, sagte er höflich. »Können Sie ein paar Minuten für mich erübrigen?«

»Zehn Minuten, vielleicht«, sagte ich mit einem Blick auf meine Armbanduhr.

Er öffnete seine Aktenmappe und nahm einige Papiere heraus. »Dann will ich sofort zur Sache kommen. Es handelt sich um Doktor Biddles Ansprüche an Sie. Sie und ich sind beide faire und seriöse Geschäftsleute; ich bin überzeugt, daß wir zu einer zufriedenstellenden Lösung gelangen werden.«

»Biddle hat keine Ansprüche an mich.«

Er nickte. »Ich weiß genau, wie Sie dazu stehen. Ganz gewiß enthält der schriftliche Vertrag keine Klausel, die Sie zur Zahlung verpflichtet. Aber es gibt stillschweigend miteinbegriffene Verpflichtungen, die ebenso bindend sind wie schriftliche Verträge.«

»Ich kann Ihnen nicht folgen. Alle meine Vereinbarungen werden schriftlich fixiert.«

»Gewiß«, sagte er. »Schließlich sind Sie Geschäftsmann. In

anderen Berufen ist die Situation nicht die gleiche. Wenn Sie zu einem Zahnarzt gehen und ihn bitten, daß er Ihnen einen schmerzenden Zahn zieht, und er tut es, dann sind Sie verpflichtet, seine Gebühr zu bezahlen, selbst wenn niemals von einer Gebühr die Rede war ...«

»Das ist wahr«, gab ich zu. »Aber es ist keine Parallele. Biddle hat den Zahn nicht gezogen.«

»In einer Weise hat er es getan«, sagte Ditworth. »Sein Anspruch ergibt sich aus der Voruntersuchung, einem Dienst, der Ihnen geleistet wurde, bevor der Vertrag ausgefertigt wurde.«

»Aber von einer Gebühr für diesen Dienst war nie die Rede.«

»Das ist genau, was ich eine stillschweigend miteinbegriffene Verpflichtung nenne, Mr. Fraser; Sie sagten Doktor Biddle, daß Sie mit mir gesprochen hätten. Er folgerte daraus ganz richtig, daß ich Ihnen das Gebührensystem der Vereinigung bereits erklärt hatte ...«

»Aber ich bin nicht Mitglied der Vereinigung geworden!«

»Ich weiß, ich weiß. Ich erklärte das den anderen Direktoriumsmitgliedern, aber sie sind der Auffassung, daß irgendeine Regelung getroffen werden müsse. Ich habe selber nicht den Eindruck, daß hier ein schuldhaftes Verhalten Ihrerseits vorliegt, aber ich bin sicher, daß Sie für unseren Standpunkt Verständnis aufbringen werden. Wir sind nicht in der Lage, Ihre Mitgliedschaft in der Vereinigung zu befürworten, bevor diese Sache in einer Weise geregelt wird, die Doktor Biddles Forderung entgegenkommt.«

»Was bringt Sie auf den Gedanken, ich hätte die Absicht, Mitglied Ihrer Vereinigung zu werden?«

Er machte ein verletztes Gesicht. »Ich hatte nicht erwartet, daß Sie diese Haltung einnehmen würden, Mr. Fraser. Die Vereinigung braucht Männer Ihres Kalibers. Aber Sie werden sich in Ihrem eigenen Interesse um die Mitgliedschaft bewerben, denn binnen kurzem wird es sehr schwierig sein, einen guten Thaumaturgen zu finden, wenn man nicht Mitglied der

Vereinigung ist. Wir möchten Ihnen helfen. Bitte erschweren Sie es uns nicht.«

Ich stand auf. »Ich fürchte, ich kann mich Ihrer Meinung nicht anschließen, Mr. Ditworth. Es wird am besten sein, Doktor Biddle reicht eine Klage gegen mich ein, und wir lassen ein Gericht entscheiden. Das scheint mir die einzige befriedigende Lösung zu sein.«

»Ich bedaure dies«, sagte er kopfschüttelnd. »Es wird Ihnen notwendigerweise einen Nachteil bringen, wenn Sie sich um die Aufnahme in die Vereinigung bewerben.«

»Das wird sich eben nicht vermeiden lassen«, sagte ich kurz und führte ihn hinaus.

Nachdem er gegangen war, lief ich eine Weile im Büro auf und ab, obwohl eine Menge Arbeit auf Erledigung wartete. Ich war nervös. Die vielen kleinen Pannen begannen sich zu spürbaren Verlusten zu summieren, und diese letzte unvernünftige Forderung von Ditworth genügte, um mich vollends aus der Fassung zu bringen. Nicht, daß er vor Gericht durchkommen würde — das war so gut wie ausgeschlossen —, aber es blieb eine lästige und unangenehme Affäre. Ich fühlte mich wie ein Opfer jener bekannten Folter, bei der einem alle paar Minuten ein Tropfen Wasser auf den Kopf fällt.

Schließlich rief ich Jedson an und fragte, ob er mit mir essen gehen wolle.

Nach der gemeinsamen Mahlzeit fühlte ich mich wohler. Jedson beruhigte mich, wie er es immer tat, und ich konnte die meisten Dinge, die mich bedrückt hatten, vergessen und in die Vergangenheit abschieben, einfach indem ich ihm davon erzählte.

Wir schlenderten zurück zu meinem Geschäft, als Jedson plötzlich sagte: »Sieh mal, Archie. Da filmt einer deinen Laden. Hast du ihn bestellt?«

Ich schaute hin. Da stand ein Mann an der Straßenecke gegenüber von meinem Geschäft und visierte das Gebäude durch eine Kamera an.

Dann sah ich genauer hin. »Joe!« sagte ich hastig. »Das ist

der Vogel, von dem ich dir erzählte. Der neulich in meinen Laden kam und mich erpressen wollte. Mit ihm fing der Ärger an!«

»Bist du ganz sicher?« fragte er leise.

»Absolut.« Der Kerl war nur ein kurzes Stück von uns entfernt und auf der gleichen Straßenseite. Ich erkannte ihn wieder. Der geckenhafte Anzug, sein mediterranes Aussehen — es gab keinen Zweifel.

»Dann müssen wir ihn uns vornehmen«, flüsterte Jedson.

Ich hatte schon daran gedacht. Ich stürzte mich auf ihn und hatte ihn am Kragen und Hosenboden gepackt, bevor er wußte, wie ihm geschah, und stieß ihn vor mir her über die Straße. Wir wurden beinahe überfahren, aber ich war so wütend, daß mir alles egal war. Jedson schnaufte hinterdrein.

Die Hoftür zu meinem Büro war offen. Ich gab dem Burschen einen weiteren Stoß, daß er über die Schwelle fiel und lang hinschlug. Jedson war direkt hinter mir. Sobald wir drinnen waren, sperrte ich die Tür zu.

Jedson stürzte an meinen Schreibtisch, riß die Mittelschublade heraus und wühlte darin, bis er einen blauen Zimmermannsstift gefunden hatte. Der Gangster war gerade dabei, in die Höhe zu kommen. Jedson zog mit dem Blaustift einen Kreis um den Mann und stolperte in seiner Hast beinahe über seine eigenen Füße. Er schloß den Kreis mit einem letzten, schwungvollen Bogen.

Unser unfreiwilliger Gast kreischte, als ihm aufging, was Jedson machte, und er versuchte sich aus dem Kreis zu werfen, bevor er vollendet werden konnte. Aber Jedson war zu schnell für ihn gewesen; der Kreis war geschlossen und versiegelt. Der Kerl prallte von der Grenze zurück wie von einer Glaswand und fiel wieder auf die Knie. So verharrte er eine Weile, während er unausgesetzt in einer Sprache fluchte, die ich für Italienisch hielt. Aber es kamen auch schlimme Worte aus anderen Sprachen vor, und einige verstand ich recht gut.

Jedson zündete sich eine Zigarette an und reichte mir eine anders.

»Setzen wir uns, Archie«, sagte er. »Ruhen wir uns aus, bis unser Freund bereit ist, zur Sache zu kommen.«

Wir rauchten ein paar Minuten lang, während der Strom der Beschimpfungen andauerte. Endlich legte Jedson seinen Kopf auf die Seite, zog die Brauen hoch und sagte: »Mein Freund, Sie wiederholen sich.«

Das brachte den Burschen zum Verstummen. Er saß da und stierte uns finster an. »Nun«, fuhr Jedson fort, »haben Sie uns nichts zu sagen?«

Der Mann knurrte etwas, dann sagte er: »Ich will mit meinem Anwalt reden. Das ist Freiheitsberaubung.«

Jedson machte ein amüsiertes Gesicht. »Sie verstehen die Situation nicht, mein Freund. Sie sind nicht verhaftet, und Ihre legalen Rechte sind uns gleichgültig. Wenn es uns gefällt, zaubern wir ein Loch und lassen Sie hineinfallen. O ja, wir sind durchaus fähig, das zu tun — oder Schlimmeres. Sehen Sie, wir mögen Sie nicht.« Nachdenklich fügte er hinzu: »Natürlich könnten wir Sie auch der Polizei übergeben; manchmal bin ich weichherzig. Das gefällt Ihnen auch nicht? Hat es vielleicht mit Ihren Fingerabdrücken zu tun?«

Der Mann schwieg beharrlich.

»Sehr schön«, sagte Jedson. »Archie, hast du Wachs oder Modellierton oder so etwas?«

»Wie wäre es mit Glaserkitt?«

»Wunderbar.« Ich lief hinaus in den Lagerschuppen und brachte einen zweieinhalb-Kilo-Behälter. Jedson stemmte den Deckel auf, grub eine große Handvoll heraus, setzte sich dann an meinen Schreibtisch und vermischte das Zeug mit Leinsamenöl, bis es weich und modellierfähig war. Unser Gefangener beobachtete ihn mit verdrießlicher Miene, aber nicht ohne Besorgnis.

»So! Das ist ungefähr richtig«, verkündete Jedson und klatschte den weichen Klumpen auf meine Schreibunterlage. Er begann ihn mit seinen Fingern zu formen, und allmählich nahm eine kleine Puppe von ungefähr zwanzig Zentimetern Länge Gestalt an. Sie sah nicht sehr gut aus und hatte keine

Ähnlichkeit mit irgendwem — Jedson ist kein Künstler —, aber Jedson blickte ständig von der Figurine zu dem Mann im Kreis und zurück, wie ein Bildhauer, der eine Tonskizze direkt vom Modell macht. Ich konnte sehen, wie der Gangster von Minute zu Minute nervöser wurde.

»Jetzt ist sie genauso häßlich wie unser Freund dort«, erklärte Jedson nach einem letzten Vergleich. »Warum haben Sie dieses Haus gefilmt?«

Der Mann machte ein tückisches Gesicht und blieb stumm.

»Los, reden Sie!« befahl Jedson und verdrehte einen Fuß der Puppe zwischen Daumen und Zeigefinger. Der entsprechende Fuß unseres Gefangenen zuckte unter ihm heraus und drehte sich seitwärts, bis sein Besitzer aufschrie.

»Sie wollten einen schlechten Zauber auf dieses Haus werfen, nicht wahr?«

»Nein, nein, Mister!« keuchte der Mann. »Ich nicht!«

»Sie nicht? Ich sehe. Sie waren bloß der Botenjunge. Wer sollte die Magie besorgen?«

»Ich weiß es nicht — Au! Oh, mein Gott!« Er griff mit beiden Händen an seinen linken Oberschenkel und knetete ihn verzweifelt. Jedson hatte eine Bleistiftspitze in das Bein der Puppe gestochen. »Ich weiß es wirklich nicht. Bitte, bitte!«

»Vielleicht nicht«, brummte Jedson. »Aber wenigstens wissen Sie, wer Ihnen die Befehle gibt und wer einige andere Mitglieder der Bande sind. Los, vorwärts! Wir wollen etwas hören.«

Der Mann schaukelte seinen Oberkörper vor und zurück und bedeckte sein Gesicht mit den Händen. »Ich wage es nicht, Mister«, ächzte er leise. »Bitte, versuchen Sie mich nicht . . .«

Jedson pickte die Puppe wieder mit dem spitzen Bleistift; der Gefangene zuckte und sprang halb auf, aber diesmal ertrug er den Schmerz, obwohl sein Gesicht sich grau verfärbte.

»In Ordnung«, sagte Jedson. »Wenn Sie darauf bestehen, geht es auch anders.«

Er nahm einen Zug von seiner Zigarette und näherte das

glühende Ende langsam dem Gesicht der Puppe. Der Mann im Kreis versuchte zurückzuweichen und hielt schützend beide Arme vors Gesicht, doch seine Anstrengungen waren vergeblich. Ich sah die Haut rot und wund werden und Blasen werfen. Der bloße Anblick verursachte mir Übelkeit, und obschon ich kein echtes Mitleid mit ihm empfand, wandte ich mich an Jedson und wollte ihn bitten, von dieser Folter abzulassen, als er die Zigarette von selbst aus dem Gesicht der Puppe nahm.

»Wollen Sie jetzt reden?« fragte er. Der Mann nickte schwach. Tränen rannen über seine verbrannten Wangen. Er schien einem Zusammenbruch nahe. »Hier — nicht ohnmächtig werden«, fügte Jedson hinzu und gab der Puppe mit der Fingerspitze eine Ohrfeige. Ich hörte den Schlag landen, und der Kopf des Gefangenen flog zur Seite, aber die Wirkung auf ihn war irgendwie aufmunternd.

»Komm, Archie, du schreibst mit. Und Sie, mein Freund, machen jetzt den Mund auf und reden. Sagen Sie uns alles, was Sie wissen. Wenn ich mit Ihrem Gedächtnis nicht zufrieden bin, gibt es mehr von der gleichen Sorte. Wie würde es Ihnen zum Beispiel gefallen, wenn ich meine Zigarette in die Augen der Puppe steckte?«

Er redete. Sein Widerstand war gebrochen. Er kannte fünf andere in der Bande, und ihre Tätigkeit hatte das Ziel, von allen Tribut zu erheben, die in dieser Stadt mit Magie zu tun hatten, ob es Magier waren oder ihre Kunden. Nein, wirklichen Schutz hatten sie nicht zu bieten, außer den vor ihren eigenen Streichen. Wer war sein Chef? Er sagte es uns. War sein Chef der führende Kopf des ganzen Erpresserrings? Nein, aber er wußte nicht, wer der führende Mann war. Er war ganz sicher, daß sein Chef für einen anderen arbeitete, aber diesen kannte er nicht. Selbst wenn wir ihn noch mal brennen würden, könnte er es nicht sagen. Aber es war eine große Organisation. Er selber war aus einer Stadt im Osten hergeschickt worden, um die lokale Organisation aufbauen zu helfen.

War er Magier? Nein, bei Gott! War sein Sektionschef einer? Nein — bestimmt nicht; diese Sachen wurden alle von weiter oben geregelt. Das war alles, was er wußte. Ob er gehen dürfe?

Jedson stellte noch ein paar Detailfragen, dann gab er sich zufrieden. »Ich werde Sie jetzt gehen lassen«, sagte er. »Sehen Sie zu, daß Sie aus der Stadt verschwinden. Ich will Sie nicht noch mal hier herumhängen sehen. Aber gehen Sie nicht zu weit weg; es könnte sein, daß ich Sie noch einmal brauche. Sehen Sie dies?« Er hielt die Puppe hoch und gab ihrer Mitte einen leichten Druck. Der arme Teufel begann sofort nach Luft zu schnappen. »Vergessen Sie nicht, daß ich Sie jederzeit anpacken kann, wenn ich es will.« Er ließ mit dem Druck nach, und sein Opfer schnaufte erleichtert. »Ich werde Ihr alter ego — für Sie die Puppe hier — sicher aufbewahren. Wenn ich Sie brauche, werden Sie so einen Schmerz fühlen.« Er zwickte die linke Schulter der Puppe mit den Fingernägeln; der Mann japste. »Dann rufen Sie mich an, egal wo Sie sind.«

Jedson zog ein Taschenmesser aus der Westentasche und durchschnitt den Kreis dreimal, dann verband er die Schnittstellen mit einer geritzten Linie. »Nun gehen Sie.«

Der Mann trat zögernd aus dem Kreis, stand einen Moment still und erschauerte. Dann wankte er zur Tür, von wo er uns aus angstgeweiteten Augen anstarrte. Darauf machte er sich davon.

Wir hatten eben erst angefangen, uns über die Aussagen des Mannes zu unterhalten, als wir einen entsetzlichen, langgezogenen Schrei hörten, der plötzlich abbrach. »Was war das?« flüsterte ich.

»Ich weiß nicht.« Wir standen beide auf und gingen zur Tür. »Es muß etwas auf der Straße passiert sein«, sagte Jedson. »Ich glaube, wir sollten nachsehen.«

Es war unser Gangster. Wir fanden ihn hundert Meter die Straße abwärts, umringt von einer kleinen Gruppe Passanten.

Er war tot.

Er lag auf dem Rücken. Sein Körper war in drei ungefähr parallel laufenden Schlitzwunden bis zu den Knochen aufgerissen, als hätte ein Adler ihn mit den Fängen bearbeitet. Aber ein Vogel, der solche Wunden schlug, mußte die Größe eines Fünftonner-Lastwagens gehabt haben.

Ich würgte und schluckte und wandte mich zu Jedson um, der selber nicht allzu wohl aussah. »Laß uns ins Büro zurückgehen.«

Das taten wir.

Wir entschieden uns für eigene Nachforschungen, bevor wir mit unserer Geschichte zur Polizei gingen, und es war besser so. Keiner von den Gangstern, deren Namen wir erfahren hatten, war auffindbar. Es gab reichlich Beweise, daß solche Personen existiert hatten, und daß sogar die Adressen stimmten, die Jedson ihrem Kumpan entrissen hatte. Aber alle von ihnen, ohne Ausnahme, waren am gleichen Nachmittag verschwunden, an dem ihr unglücklicher Komplice sein grauenhaftes Ende gefunden hatte.

Wir gingen nicht zur Polizei, denn wir hatten keine Lust, in irgendeiner Weise mit dem geheimnisvollen Todesfall in Verbindung gebracht zu werden.

In der folgenden Zeit hatte ich keine weiteren Schwierigkeiten mit meinem Geschäft und arbeitete angestrengt, um die Verluste wieder hereinzuholen. Ich begann die ganze Sache aus meinem Bewußtsein zu verdrängen. Freilich, dann und wann besuchte ich Mrs. Jennings, und zweimal, als ich kommerzielle Magie brauchte, beauftragte ich damit ihren jungen Freund Jack Bodie. Er war ein guter Magier, sachlich und ohne unnötigen Hokuspokus.

Ich fing an zu denken, ich hätte das Glück endlich am Schlafittchen, als ich in eine neue Serie von Unfällen stolperte. Diesmal bedrohten sie nicht mein Geschäft, sondern mich persönlich.

Ich verwahre trockenen Mischsand und Kies in den üblichen großen Behältern, die auf hohen Betonpfeilern stehen, damit die Lastwagen zum Laden unter die Trichter fahren können. Eines Abends wanderte ich nach Arbeitsschluß an den Behältern vorbei, als ich bemerkte, daß jemand in der Durchfahrt unter den Trichtern eine Schaufel liegengelassen hatte.

Ich hatte schon häufiger Schwierigkeiten mit meinen Leuten gehabt, weil sie Werkzeug über Nacht draußen herumliegen ließen, statt es in den Werkzeugschuppen zu tragen. Ich beschloß, diese Schaufel in meinen Wagen zu legen und am anderen Morgen denjenigen damit zu konfrontieren, der sie vermißte. Ich schickte mich an, in die Grube zu springen, als ich jemand meinen Namen rufen hörte.

»Archibald!« rief die Stimme — und sie hatte eine täuschende Ähnlichkeit mit Mrs. Jennings' Stimme. Ich blickte verblüfft umher. Niemand war da. Ich drehte mich kopfschüttelnd zur Grube um, gerade rechtzeitig, um ein dumpfes Rutschen und Prasseln zu hören und die Schaufel unter zwanzig Tonnen Kies verschwinden zu sehen.

Mit etwas Glück kann man verschüttet werden und trotzdem überleben, aber nicht, wenn man eine ganze Nacht warten muß, bis man vermißt und ausgegraben wird. Eine Bruchstelle im stählernen Schließmechanismus des Trichters war die äußere Ursache. »Materialermüdung«, sagte der Ingenieur, der den Mechanismus auswechselte.

Es gab nie etwas anderes als natürliche Ursachen, doch für ungefähr zwei Wochen trat ich ständig auf Bananenschalen, sowohl buchstäblich als auch im übertragenen Sinn. Wenigstens zehnmal rettete ich meine Haut nur durch rasches Reagieren und schnelle Beinarbeit. Zuletzt brach ich zusammen und vertraute mich Mrs. Jennings an.

»Machen Sie sich keine allzu großen Sorgen, Archie«, beschwichtigte sie mich. »Es ist nicht einfach, einen Menschen mit Magie zu töten, sofern er nicht selbst mit Magie zu tun hat und dafür empfänglich ist.«

»Wenn man einen täglich zu Tode erschreckt, bringt man ihn schließlich auch um«, sagte ich.

Sie lächelte und meinte: »Ich glaube nicht, daß Sie wirklich verängstigt sind, lieber junger Freund. Jedenfalls haben Sie es nie gezeigt.«

Ich sah eine Andeutung in dieser Bemerkung und sagte verlegen: »Sie haben mich beobachtet und gelegentlich eben noch rechtzeitig aus dem Dreck gezogen? Ist das so?«

Sie lächelte etwas mehr und erwiderte: »Das ist meine Sache, Archie. Es ist nicht gut für die jungen Leute, von der Hilfe der Alten abzuhängen. Nun lassen Sie mich allein. Ich möchte mir diese Sache durch den Kopf gehen lassen.«

Einige Tage später bekam ich einen Brief, der in spinnenhafter, aber außerordentlich gleichmäßiger und zierlicher Schrift abgefaßt war, wie sie in unserer Zeit kaum noch jemand beherrschte. Eine winzige Zittrigkeit deutete an, daß die Verfasserin kränklich oder sehr alt sein mußte. Noch bevor ich den Brief las, erriet ich, wer ihn geschrieben hatte. Er lautete:

Lieber Archibald:
Ich möchte Sie mit meinem geschätzten Freund Dr. Royce Worthington bekannt machen. Sie werden ihn im Hotel Belmont antreffen; er erwartet von Ihnen zu hören. Dr. Worthington ist außergewöhnlich qualifiziert für die Aufklärung der Schwierigkeiten, die Ihnen in den vergangenen Wochen Sorgen bereitet haben. Sie können seinem Urteil rückhaltlos vertrauen, besonders wenn ungewöhnliche Maßnahmen vonnöten sind.

Bitte beziehen Sie Ihren Freund Mr. Jedson in dieses Bekanntmachen mit ein, wenn Sie es wünschen.

Mit freundlichem Gruß
Ihre Amanda Todd Jennings

Ich rief Joe Jedson an und las ihm den Brief vor. Er war einverstanden und versprach herüberzukommen. Darauf ließ ich mich mit Dr. Worthington verbinden.

»Hier ist Archibald Fraser, Doktor. Mrs. Jennings hat mir geschrieben und ein Gespräch mit Ihnen vorgeschlagen.«

»O ja!« sagte er. »Das würde mich freuen. Wann paßt es Ihnen?« Er hatte eine tiefe Stimme und einen gepflegten englischen Akzent.

»Wenn Sie frei sind, könnte ich gleich zum Hotel kommen.«

»Lassen Sie mich sehen — Ich habe in Ihrer Gegend zu tun. Wäre es Ihnen recht, wenn ich in einer halben Stunde oder etwas später zu Ihnen käme?«

»Selbstverständlich, wenn es keine Unbequemlichkeit für Sie bedeutet . . .«

»Ganz und gar nicht. Bis später.«

Kurz darauf kam Jedson und fragte mich nach Dr. Worthington.

»Ich habe ihn noch nicht gesehen«, sagte ich, »aber am Telefon klang er wie ein englischer Universitätsprofessor. Er wird bald kommen.«

Mein Büromädchen brachte mir seine Karte eine halbe Stunde später. Ich stand auf, um ihn zu begrüßen, und sah einen großen, breitschultrigen Mann mit einem Gesicht von großer Würde und Intelligenz. Er steckte in einem konservativ geschnittenen Maßanzug und trug Handschuhe, einen Stock und einen Handkoffer mit sich. Aber er war kohlrabenschwarz.

Ich ließ mir mein Erstaunen nicht anmerken — wenigstens versuchte ich es, denn ich habe einen Abscheu gegen diese Art von Unhöflichkeit. Warum sollte der Mann kein Neger sein? Ich hatte es einfach nicht erwartet.

Jedsons unerschütterlicher Gleichmut half. Ich glaube nicht, daß er Erstaunen zeigen würde, wenn ein Spiegelei ihm zuzwinkerte. Wir setzten uns und verbrachten die ersten Minuten mit jenen höflichen Bemerkungen über dies und das, die einem bei der Einschätzung von Fremden nützlich sind.

Worthington kam als erster zur Sache, und ich erzählte ihm von der Kette unangenehmer Vorfälle, angefangen mit dem ersten Besuch des Gangsters. Er stellte ein paar Fragen, und Jedson half ihm mit Details aus. Ich gewann den Eindruck, daß er das meiste bereits von Mrs. Jennings gehört hatte und nur nachprüfte.

»Sehr gut«, sagte er zuletzt mit seiner vollen Baßstimme. »Ich bin einigermaßen zuversichtlich, daß wir eine Möglichkeit finden werden, Ihrem Problem beizukommen, aber bevor wir die Diagnose stellen, muß ich eine kurze Untersuchung vornehmen.«

Er bückte sich und öffnete die Verschlüsse seines Handkoffers.

»Ah — entschuldigen Sie, Doktor«, sagte ich, »aber sollten wir nicht die übrigen Einzelheiten besprechen, bevor Sie mit der Arbeit beginnen?«

»Einzelheiten?« Er schaute mich verdutzt an, dann lächelte er breit. »Ach, Sie meinen die Frage der Bezahlung. Mein lieber Herr, es ist ein Privileg für mich, Mrs. Jennings einen Gefallen zu tun.«

»Aber Doktor, es wäre mir wirklich lieber. Ich kann Ihnen versichern, daß es meine Gewohnheit ist, für Magie zu bezahlen.«

Er hob abwehrend die Hände.

»Das ist hier aus zweierlei Gründen nicht möglich: Erstens habe ich keine Lizenz, um in Ihrem Staat zu praktizieren. Zweitens bin ich kein Magier.«

»Was?« fragte ich verdattert. »Entschuldigen Sie, Doktor, ich hatte es als selbstverständlich angenommen, weil Mrs. Jennings Sie empfohlen hatte, und ich . . .«

Er lächelte verständnisvoll und ein wenig amüsiert. »Mein eigentliches Fach ist Anthropologie, müssen Sie wissen. Ich habe einen Lehrstuhl an der Universität Ibadan. Aber die Anthropologie hat verschiedene Seitenpfade; auf einem solchen befinde ich mich jetzt.«

»Nun, dann darf ich vielleicht fragen . . .«

»Gewiß. Meine Nebenbeschäftigung, frei nach ihrem ziemlich unaussprechlichen eigentlichen Namen übersetzt, ist ›Hexenriecher‹.«

»Aber erfordert das nicht Magie?« fragte ich.

»Ja und nein. In Afrika gelten nicht die gleichen Kategorien wie hier. Ich werde dort nicht als Zauberer oder Hexendoktor betrachtet, sondern eher als eine Art Gegenmittel.«

»Ich nehme an, Doktor«, sagte Jedson, »Ihr eigentlicher Name ist nicht Worthington?«

»Ganz recht. Nein, ich stamme aus dem nördlichen Kamerun. Meine Heimat ist ein Dorf am Oberlauf des Benue, und meine Eltern gaben mir natürlich einen einheimischen Namen, der aber hier unwichtig ist. Wollen wir uns dann an die Arbeit begeben?«

»Gern«, sagte ich. »Kann ich Ihnen behilflich sein?«

»Ja. Haben Sie einen Raum, wo ich meine Vorbereitungen treffen kann? Er braucht nicht groß zu sein.«

Ich stand auf und öffnete die Tür zu dem Umkleide- und Waschraum neben meinem Büro.

»Genügt Ihnen der?«

»Vollauf, danke.« Er trug seinen Handkoffer hinein und schloß die Tür hinter sich. Ich ging hinaus und sagte meinem Büromädchen, wir wollten ungestört sein und sie solle niemanden einlassen, dann setzte ich mich zu Jedson und wir warteten.

Bald danach kam unser Gast wieder zum Vorschein, und für mich war die zweite Überraschung des Tages fällig. Der weltläufige Dr. Worthington war verschwunden. An seiner Stelle war ein ziemlich wild aussehender Afrikaner getreten, eine athletische Gestalt, die barfuß über einen Meter achtzig groß war und deren enormer, gewölbter Brustkasten mit dikken, glatten Muskeln bedeckt war. Er trug einen Lendenschurz aus Leopardenfell und verschiedene Utensilien, darunter einen Lederbeutel.

Aber es war nicht seine Ausrüstung, die mich faszinierte, nicht einmal seine eindrucksvolle Kriegergestalt, sondern das Gesicht. Augenbrauen und Haaransatz waren mit weißer Farbe nachgezogen, aber das bemerkte ich kaum. Es war der Ausdruck – humorlos, unerbittlich, erfüllt von Würde und Kraft. Die Augen vermittelten die Überzeugung von einer

Weisheit, die jenseits meiner Vorstellung lag, und es gab kein Mitleid in ihnen — nur eine strenge Gerechtigkeit, der ich mich ungern ausliefern würde.

Wir Weißen sind geneigt, den Farbigen zu unterschätzen, weil wir ihn ohne seinen kulturellen Hintergrund sehen. Jenen, die wir in Amerika kennen, wurde ihre eigene Kultur vor Generationen gewaltsam entrissen und ebenso gewaltsam eine sklavische Pseudokultur aufgezwungen. Wir vergessen, daß der schwarze Mann eine eigene geschichtliche Tradition hat, weit älter als unsere amerikanische und auf weit soliderer Grundlage. Seine Kultur basiert auf Charakter und der Kraft des Geistes, statt auf den billigen und vergänglichen Tricks technologischer Perfektion.

Ich stand in unwillkürlichem Respekt auf, als Dr. Worthington den Raum betrat.

»Fangen wir also an«, sagte er in völlig normalem Tonfall und hockte nieder, wobei seine Zehen sich spreizten und den Boden faßten. Er nahm mehrere Dinge aus seinem Lederbeutel — einen Hundeschwanz, einen dunkelhäutigen menschlichen Kopf und andere Dinge, die schwieriger zu identifizieren waren. Eines dieser Dinge — es war in rote Seide gehüllt und verschnürt — hob er auf und sagte zu mir: »Können Sie Ihren Safe öffnen?«

Ich tat es, und er legte das kleine Bündel hinein, schloß die Tür und drehte die Nummernkombination. Ich warf Jedson einen fragenden Blick zu.

»Er hat seine . . . nun, seine Seele in diesem Päckchen«, flüsterte Jedson. »Jetzt ist sie hinter kaltem Eisen in Sicherheit. Er weiß nicht, welchen Gefahren er begegnet.«

Worthington kehrte in die Mitte des Raumes zurück, hob den runzligen schwarzen Kopf auf und rieb ihn zärtlich. »Dies ist der Vater meiner Mutter«, verkündete er. Mir grauste, aber ich war auch neugierig und sah mir den Fetisch genauer an. Es war der mumifizierte Schädel eines alten Mannes, mit ergrautem Wollhaar und zahnlosen Kiefern. »Er ist sehr weise«, fuhr Worthington fort, »und ich werde seinen Rat brauchen. Großvater, dies sind deine neuen Freunde.« Jedson verbeugte sich, und ich tat es ihm nach. »Sie erbitten deine Hilfe.«

Er fing an, sich mit dem Kopf in seiner Heimatsprache zu unterhalten, lauschte von Zeit zu Zeit und antwortete dann.

Einmal schien es zu einer Meinungsverschiedenheit zu kommen, aber die Sache muß rasch eine befriedigende Regelung erfahren haben, denn das Palaver verebbte bald, und nach ein paar Minuten beendete Worthington das Gespräch und blickte umher. Er faßte ein kleines Wandregal ins Auge. Es war nicht viel mehr als ein Brett hoch über dem Boden, auf dem in heißen Sommertagen der elektrische Ventilator stand.

»Dort!« sagte er befriedigt. »Ein guter Platz. Großvater braucht einen hochgelegenen Platz, von wo er gut sehen kann.«

Er trat an die Wand und setzte den Kopf behutsam auf das Regal.

Als er in die Mitte des Raumes zurückgekehrt war, band er den Hundeschwanz um seine Mitte, ließ sich dann auf alle viere nieder und begann mit der Nase am Boden herumzuschnüffeln, wie ein Jagdhund, der eine Witterung aufzunehmen versucht. Er rannte schnuppernd und japsend herum, und der Hundeschwanz an seinem Rücken stand auf und zitterte wie bei einem lebenden Tier. Seine Bewegungen und sein Benehmen imitierten das Verhalten eines Hundes so getreu und überzeugend, daß ich erschrocken mit den Augen zwinkerte, als er sich unvermittelt setzte und erklärte: »Ich habe noch nie einen Ort gesehen, wo die Spuren der Magie zahlreicher waren. Ich kann Mrs. Jennings' und die Ihrer eigenen geschäftlichen Magie sehr deutlich aufnehmen. Aber nachdem ich sie eliminierte, blieben noch viele andere übrig.«

Er nahm seinen Hundecharakter wieder an, ohne uns Gelegenheit zu einer Antwort zu geben. Nach einiger Zeit des Umherstöberns erreichte er anscheinend ein Stadium der Unschlüssigkeit, denn er setzte sich hundegleich auf die Keulen, schaute zum Kopf seines Großvaters auf und winselte. Dann wartete er.

Die Antwort schien befriedigend auszufallen; er gab ein scharfes Bellen von sich und zog die unterste Schublade eines Ablageschranks auf, ungeschickt, als ob er wirklich Pfoten statt Hände hätte. Er wühlte eifrig im hinteren Teil der Schublade herum und brachte etwas zum Vorschein, das er in seinen Lederbeutel steckte.

Danach trottete er eine Weile im Raum umher, bis er seine Nase in jeden abgelegenen Winkel gesteckt hatte. Als er damit fertig war, kehrte er in die Mitte zurück, nahm wieder Kauerstellung ein und sagte: »Damit ist meine Arbeit für den Augenblick beendet. Dieser Raum ist das Zentrum ihres Angriffs, darum hat Großvater eingewilligt, zu bleiben und achtzugeben, bis ich eine Schnur um dieses Haus binden und so Hexen und Dämonen fernhalten kann.«

Das beunruhigte mich ein wenig. Ganz bestimmt würde der Kopf meinem Büromädchen fürchterliche Angst einjagen, von der Wirkung unserer makabren Trophäe auf meine Kunden gar nicht zu reden. Ich brachte meinen Einwand so diplomatisch wie möglich vor.

»Was meinst du?« fragte er den Kopf. Nachdem er einen Moment gelauscht hatte, sagte er: »Großvater meint, Sie brauchten nichts zu befürchten; außer Ihnen wird niemand ihn sehen.« Es stellte sich heraus, daß er nicht zuviel versprochen hatte; kein Mensch bemerkte den Kopf, nicht einmal die Putzfrau.

»Nun«, fuhr Worthington fort, »möchte ich bei nächster Gelegenheit Mr. Jedsons Geschäft untersuchen, und ich möchte auch Ihre Privatwohnungen ausschnüffeln und gegen mögliches Unheil isolieren. Einstweilen gebe ich Ihnen einen Rat, den Sie beide sorgfältig befolgen müssen: Lassen Sie nichts von sich selbst in die Hände Fremder fallen. Sammeln Sie alles – Abschnitte von Fingernägeln, Spucke, abgeschnittene Haare. Vernichten Sie diese Abfälle durch Feuer oder umhüllen Sie sie mit fließendem Wasser. Das wird unsere Aufgabe sehr vereinfachen. Ich bin fertig.« Er stand auf und ging in den Umkleideraum.

Zehn Minuten später rauchte der würdige und gelehrte Dr. Worthington eine Zigarette mit uns. Ich mußte zuweilen zum Kopf seines Großvaters hinaufblicken, um mich zu überzeugen, daß ich nicht geträumt hatte.

Das Geschäft ging allmählich besser, und ich hatte keine seltsamen Unfälle mehr, nachdem Dr. Worthington mein Büro gesäubert und dicht über dem Boden eine Schnur um mein Haus gezogen hatte. Ich durfte wieder auf Gewinne hoffen und fühlte neue Zuversicht. Nach etwa zwei Wochen erhielt ich einen Brief von Ditworth, in dem er mich wegen Biddles schwindelhafter Forderung mahnte, aber ich warf das Schreiben in den Papierkorb, ohne mir Gedanken darüber zu machen.

Eines Vormittags kam Feldstein, der Magieragent, in mein Büro. »Hallo, Zack!« sagte ich munter. »Wie geht das Geschäft?«

»Daß Sie mir ausgerechnet diese Frage stellen müssen, Mr. Fraser!« seufzte er und schüttelte traurig den Kopf. »Das Geschäft ist saumäßig.«

»Warum sagen Sie das?« fragte ich. »Die Wirtschaft erlebt einen Aufschwung, überall sieht man Zeichen von Aktivität . . .«

»Der Anschein kann täuschen«, erwiderte er, »besonders in meiner Branche. Sagen Sie — haben Sie von einem Konzern gehört, der sich ›Magie GmbH‹ nennt?«

»Das ist komisch«, sagte ich. »Erst heute morgen war ein Brief in der Post.«

Ich kramte herum, hielt das verschlossene Kuvert hoch. Der Absender lautete »Magie GmbH, Suite 700, Commonwealth Building«.

Feldstein nahm das Kuvert vorsichtig mit zwei Fingern, als könne er sich daran vergiften. »Das sind die Leute, die ich meine«, sagte er. »Die Spitzbuben!«

»Warum, was ist los, Zack?«

»Sie gönnen einem nicht, daß man sich ehrlich durchschlägt . . . Mr. Fraser«, unterbrach er sich, »Sie werden doch nicht die Geschäftsverbindung mit einem alten Freund aufgeben, der immer korrekt mit Ihnen gewesen ist?«

»Natürlich nicht, Zack, aber worum geht es überhaupt?«

Er hielt mir den Brief hin. »Lesen Sie.«

Ich riß das Kuvert auf, entfaltete den Brief. Das Papier war von feiner Qualität, Hadern mit Wasserzeichen, und der Druck des Briefkopfes, in Stahlstich ausgeführt, strahlte vornehme Würde aus. Ich überflog die am Fuß eingedruckten Namen der Gesellschafter und war beeindruckt vom Kaliber der Männer — alles Leute aus der obersten Etage der Geschäftswelt.

Der Briefinhalt lief auf einen Werbetext hinaus. Es war eine neue Idee; man konnte es eine Holdinggesellschaft für Magier nennen. Sie machten sich erbötig, magische Dienste jeder Art zu leisten. Der Kunde brauchte nicht mehr selbst einen für seinen jeweiligen Zweck geeigneten Magier zu suchen; er brauchte nur diese eine Nummer anzurufen und seinen Bedarf anzugeben, und die Gesellschaft erledigte den Rest und schickte ihm die Rechnung. Das schien vernünftig genug zu sein — nicht mehr als eine Großagentur.

Ich überflog die restlichen Absätze ». . . verantwortungsbewußte und individuelle Erledigung, garantiert von den gesamten Vermögenswerten einer kapitalkräftigen Gesellschaft — erstaunlich niedrige Einheitsgebühren, ermöglicht durch zentralisierte Verwaltung, vereinheitlichten Tarif und Fortfall von Doppelprovisionen — — Das lebhafte Echo, das unsere Firmengründung bei den Mitgliedern des hohen Berufs gefunden hat, erlaubt uns die Voraussage, daß die Magie GmbH auch Ihr Partner und Helfer in allen Fragen kompetenter Thaumaturgie werden wird — wahrscheinlich die einzige Quelle wirklich erstklassiger Magie . . .«

Ich legte den Brief aus den Händen. »Warum machen Sie sich Sorgen, Zack? Es ist bloß eine weitere Agentur. Und was ihre Behauptungen angeht — ich habe Sie selber sagen hören, daß die besten Pferde alle in ihrem Stall sind. Sie erwarteten nicht, daß ich es glauben würde, nicht wahr?«

»Nein«, gab er zu, »nicht ganz, vielleicht — unter uns gesagt. Aber die Sache ist wirklich ernst, Mr. Fraser. Diese Leute haben die meisten meiner erstklassigen Magier mit festen Gehältern und zusätzlichen Erfolgsprämien abgeworben, denen ich nichts entgegensetzen kann. Und nun bieten sie der Öffentlichkeit Magie zu Preisen an, die alles unterbieten, was bisher verlangt wurde. Es ist der Ruin, ich sage es Ihnen.«

Es war ein hartes Geschick. Feldstein war ein netter, kleiner Kerl, der sich die Beine ablief, um seine Frau und fünf Kinder zu ernähren, an denen er hing. Aber ich hatte das Gefühl, daß er übertrieb; er hatte eine Neigung zum Dramatisieren. »Machen Sie sich keine trüben Gedanken«, sagte ich. »Ich werde zu Ihnen halten, und das werden auch die meisten Ihrer anderen Kunden tun, nehme ich an. Diese Leute können unmöglich alle Magier unter ihren Hut bringen; sie sind zu unabhängig. Ich kann mir nicht denken, daß viele von ihnen Lust haben, ihre Selbständigkeit aufzugeben und Gehaltsempfänger zu werden. Sehen Sie sich Ditworth an. Er hat es mit seiner gemeinnützigen Gesellschaft versucht. Und wie weit ist er mit dem Verein gekommen?«

»Ditworth — äägh!« Er wollte ausspucken, dann fiel ihm ein, daß er in meinem Büro war. »Dies hier ist Ditworth — diese Gesellschaft!«

»Wie kommen Sie darauf? Sein Name steht nicht in der Aufzählung der Gesellschafter.«

»Ich habe es in Erfahrung gebracht. Sie glauben, er sei nicht erfolgreich gewesen, weil Sie ihn abblitzen ließen. Die Direktoren der gemeinnützigen Gesellschaft — also Ditworth und seine Sekretäre — haben eine Konferenz abgehalten und die bereits abgeschlossenen Kundenverträge auf die neue GmbH übertragen. Dann ist Ditworth zurückgetreten, und sein Strohmann hat seinen Platz eingenommen, als Fassade der gemeinnützigen Gesellschaft, und Ditworth leitet beide Gesellschaften. Warten Sie noch ein bißchen, und Sie werden es bestätigt finden. Wenn wir die Bücher der Magie GmbH einsehen könnten, würden Sie finden, daß er die Mehrheit der Anteile hält. Ich weiß es!«

»Das kommt mir unwahrscheinlich vor«, sagte ich langsam.

»Sie werden sehen! Ditworth mti seinem hochgestochenen Geschwätz über eine gemeinnützige, nicht auf Profit bedachte Vereinigung zur Niveauverbesserung der magischen Künste sollte nicht in der Nähe der Magie GmbH zu finden sein, das ist doch klar, nicht? Rufen Sie an und fragen Sie nach ihm, wenn Sie mir nicht glauben!«

Ich antwortete nicht, wählte aber die Nummer auf dem Briefkopf. Als eine Mädchenstimme sich mit »Magie GmbH — Guten Morgen« meldete, sagte ich: »Mr. Ditworth, bitte.«

Sie zögerte lange, dann fragte sie: »Wer spricht dort, bitte?«

Nun zögerte ich. Ich wollte nicht mit Ditworth reden; ich wollte einen Tatbestand klären. Schließlich sagte ich: »Sagen Sie ihm, es ist Doktor Biddles Büro.«

Worauf sie sofort und mit leichtem Erstaunen in der Stimme antwortete: »Aber Mr. Ditworth ist gerade nicht da; er ist vor einer halben Stunde zu Doktor Biddle gegangen. Ist er noch nicht angekommen?«

»Ach so«, sagte ich geistesgegenwärtig. »Vielleicht ist er schon beim Chef, und ich habe ihn nicht kommen sehen. Entschuldigen Sie.« Und ich legte auf.

»Sie scheinen recht zu haben«, sagte ich zu Feldstein.

Er war zu besorgt, um sich über diese Bestätigung zu freuen. »Kommen Sie«, sagte er. »Wir gehen zusammen essen und unterhalten uns in Ruhe über die Sache.«

»Einverstanden«, sagte ich. »Ich wollte mit Jedson gehen, und es trifft sich gut. Es würde mich interessieren, seine Meinung darüber zu hören.«

Jedson wußte schon Bescheid; er hatte den gleichen Werbebrief erhalten und sich über seine Informationskanäle über die Lage unterrichtet. Er war womöglich noch besorgter als Zack Feldstein. »Wir alle brauchen Magie, um im Geschäft zu bleiben. Es gibt kaum eine Branche, wo nicht mit Magie gearbeitet wird. Wenn einer ein Magie-Monopol errichtet, sind wir alle seiner Gnade ausgeliefert. Wir müßten jeden Preis akzeptieren — oder uns aus dem Geschäft zurückziehen.« Er sah uns an und zog eine gefaltete Zeitung aus der Jackettasche. »Aber das ist noch lange nicht alles; ihr wißt erst die Hälfte. Hat einer von euch vielleicht gehört, daß der Gouverneur eine Sondersitzung der gesetzgebenden Versammlung einberufen hat?«

Zack bemerkte, daß er zu beschäftigt sei, seinen Lebensunterhalt zu verdienen, um sich politischen Angelegenheiten zu widmen.

»Macht nichts«, sagte Jedson. »Wer sich für Politik interessiert, weiß, daß die Sondersitzung aus verschiedenen Gründen nötig ist. Aber als gestern die Tagesordnung veröffentlicht wurde, entdeckte ich ganz am Ende einen Gesetzentwurf mit dem ominösen Titel ›Neuregelung der Bestimmungen zur Ausübung der Thaumaturgie‹. Ich konnte mir nicht vorstellen, daß es einen Grund gab, über eine solche Sache in einer Sondersitzung zu beraten. Ich hängte mich gestern abend ans Telefon und rief einen Freund in der Hauptstadt an. Er wußte nichts davon, rief aber später zurück. Er hatte folgendes herausgebracht: Der Gesetzentwurf ist von einer Interessengruppe eingebracht worden, die die letzte Wahlkampagne des Gouverneurs mit ansehnlichen Geldern unterstützt hatte. Der Gouverneur hat selber kein besonderes Interesse an der Sache, aber er ist diesen Leuten verpflichtet und muß Rücksicht nehmen, wenn er sie nicht das nächstemal gegen sich haben will.«

»Was meinst du, können wir tun?« fragte ich.

Jedson zuckte mit den dicken Schultern. »Nichts. Abwarten. Wir sind kleine Geschäftsleute und haben nur wenig Einfluß. Wenn man die Legislative steuern will, muß man sehr kapitalkräftig sein. Man braucht geschickte Lobbyisten, man muß die Abgeordneten kennen, man muß sie für die eigene Sache interessieren — das heißt, man muß sie schmieren. Alles das kostet mehr Geld, als wir je aufbringen könnten.«

Es kam, wie es kommen mußte, und die Geschwindigkeit, mit der das Gesetz verabschiedet wurde, bestätigte nur unseren Glauben, daß die Gangster und die Magie GmbH zwei Köpfe derselben Bestie waren. Es wurde klar, daß Ditworths großangelegtes Manöver mit generalstabsmäßiger Sorgfalt vorbereitet worden war.

Die neugebildete Kommission für Thaumaturgie verschwendete keine Zeit. Sie gab ihre Absicht bekannt, das Niveau der magischen Praxis in allen Bereichen aufzuheben und verkündete, daß neue und gründlichere Prüfungsmethoden eingeführt würden. Die früher von Ditworth ins Leben gerufene gemeinnützige Gesellschaft eröffnete eine Ausbildungsstätte, in der praktizierende Thaumaturgen einen Auffrischungskurs über magische Prinzipien und arkanische Gesetze nehmen konnten. In Übereinstimmung mit den edlen Grundsätzen ihrer Gründungsurkunde stand die Schule nicht nur Mitgliedern der Gesellschaft offen.

Das hörte sich großherzig an, war es aber nicht. In den Kursen wurde deutlich genug zu verstehen gegeben, daß die Mitgliedschaft in der Gesellschaft eine große Hilfe für das erfolgreiche Bestehen der neuen Prüfungen und damit für die Verlängerung der Lizenz wäre. Die Mitgliederzahl stieg sprunghaft an.

Ein paar Wochen später wurden alle Lizenzen ungültig. Die Magier durften auf Abruf weiterpraktizieren, bis sie zur Prüfung aufgerufen würden. Einige bekannte Magier, die sich von Anfang an gegen jede Zusammenarbeit mit der Magier GmbH gesträubt hatten, wurden aufgerufen, geprüft und bekamen ihre Lizenzen nicht erneuert. Der Druck fing an. Mrs. Jennings zog sich stillschweigend von jeder Berufsausübung zurück.

Jack Bodie kam zu mir. Ich hatte mich mit ihm angefreundet, und er hatte einen Vertrag bei mir laufen, der mit der Fertigstellung eines Bauprojekts zusammenhing.

»Hier ist dein Vertrag, Archie«, sagte er bitter. »Es wird einige Zeit dauern, bis ich die Konventionalstrafe wegen Nichterfüllung abzahlen kann. Ohne die Prüfung darf ich nicht weiter praktizieren.«

Ich nahm den Vertrag und riß ihn entzwei. »Hör auf, von Konventionalstrafen und solchem Zeug zu reden«, sagte ich ihm. »Mach deine Prüfung und wir schreiben einen neuen Vertrag.«

Er lachte unglücklich.

»Sei nicht naiv.«

»Was willst du machen?« fragte ich. »Dich bei der Magie GmbH verpflichten?«

»Ich habe es bisher nicht getan, und sie werden mich auch durch Druck nicht soweit bringen.«

»Das nenne ich Charakter. Nun, wenn alle Stricke reißen, werden wir hier schon einen Job für dich finden.«

Es war gut, daß Bodie etwas Geld gespart hatte, denn ich war mit meinem Angebot ein wenig zu optimistisch. Magie GmbH ging zur zweiten Phase ihres wirtschaftlichen Druckes über, und es begann zu einer Frage der Spekulation zu werden, ob ich selber regelmäßig essen würde. Es gab immer noch eine Anzahl lizenzierter Magier in der Stadt, die nicht bei der Magie GmbH angestellt waren — es wäre ein allzu offensichtlich abgekartetes Spiel gewesen, auch den letzten selbständigen Magier trockenzulegen —, aber die verfügbaren Leute waren alle unfähige Pfuscher. Es war keine legale magische Hilfe zu bekommen, zu keinem Preis — außer durch Magie GmbH.

Ich war gezwungen, zu altmodischen Methoden zurückzukehren. Da ich sowieso nicht sehr viel Magie verwende, war mir das möglich, aber es war der Unterschied zwischen Geld verdienen und Geld verlieren.

Ich hatte Feldstein als Vertreter angenommen, nachdem seine Agentur ihm zwischen den Händen zerronnen war. Er erwies sich als sehr tüchtig und half die Verluste verringern. Aber die anderen Geschäftsleute um mich her wurden einfach zur Kapitulation gezwungen. Die meisten von ihnen verwendeten in wenigstens einer Phase ihrer geschäftlichen Aktivität Magie; sie hatten die Wahl, einen Vertrag mit der Magie GmbH zu unterschreiben, oder dichtzumachen. Sie hatten Frauen und Kinder — sie unterschrieben.

Die Gebühren für Thaumaturgie, zuvor ruinös niedrig, wurden nun bis an die Grenzen des Möglichen angehoben, das heißt, bis zu dem Punkt, wo es gerade noch etwas billiger war, mit Magie zu arbeiten als ohne. Die Magier indes sahen nichts von den neuen Profiten; sie waren nur noch Angestellte, und das Geld floß den Gesellschaftern zu. Insgesamt hatte sich die Lage der Magier gegenüber der Zeit ihrer Unabhängigkeit eindeutig verschlechtert, aber sie nahmen, was sie kriegen konnten und waren im übrigen froh, ihre Familien ernähren zu können.

Jedson war schwer getroffen — vernichtend getroffen. Er hielt natürlich durch, weil er sich von vornherein festgelegt hatte, und zog einen ehrlichen Bankrott der Unterwerfung vor, aber er war fertig. Sie fingen damit an, daß sie August Welker, seinen Hausmagier, kurzerhand disqualifizierten; dann schnitten sie ihn vom Rest seiner Hilfsquellen ab. Es verlautete, daß die Magie GmbH keinen Wert auf eine Zusammenarbeit mit ihm legte, selbst wenn er es gewünscht hätte.

Eines Nachmittags waren wir alle zum Tee bei Mrs. Jennings — ich selber, Jedson, Bodie und Dr. Royce Worthington, der Hexenriecher. Anfangs versuchten wir die Konversation von unseren Schwierigkeiten fernzuhalten, aber das war uns nicht lange möglich. Was auch immer gesagt wurde, irgendwie führte es zu Ditworth und seinem verdammenswerten Monopol zurück.

Nachdem Jack Bodie zehn Minuten damit zugebracht hatte, zu erläutern, daß es ihm in Wirklichkeit nichts ausmache, der Magie zu entsagen, daß er kein echtes Talent dafür habe und nur in den Beruf eingestiegen sei, um seinem Vater einen Gefallen zu tun, versuchte ich das Thema zu wechseln. Mrs. Jennings hatte ihm mit soviel Mitleid in den Augen zugehört, daß ich am liebsten selber geheult hätte.

Ich wandte mich an Jedson und fragte ihn lahm: »Was macht eigentlich Miß Megeath?«

Sie war die weiße Hexe aus New Jersey, jenes zerbrechliche Geschöpf, das durch kreative Magie Fertigkleider produzieren konnte.

Er blickte kurz auf. »Ellen? Vor einem Monat haben sie ihr die Lizenz abgenommen.«

Das war nicht die Richtung, in die ich das Gespräch leiten wollte. »Ist es ihr jemals gelungen, diesen Trick mit dem fertigen Modellkleid zu wiederholen?«

Sein Gesicht hellte sich ein wenig auf. »Ja, doch — einmal. Habe ich dir nicht davon erzählt? Es gelang ihr zu gut. Als sie einmal angefangen hatte, machte sie immer weiter, und wir konnten sie nicht aus ihrer Trance herausbringen. Sie produzierte mehr als dreißigtausend kleine gestreifte Sportkleider, alle in einer Größe und im gleichen Schnitt. Mein Lager war überladen mit den Dingern. Neunzig Prozent von ihnen werden dahinschmelzen, bevor ich sie verkaufen kann. Aber sie wird es nicht noch mal machen. Schlecht für ihre Gesundheit.«

»Wieso?«

»Bei dieser einen Produktion verlor sie zehn Pfund. Sie ist nicht robust genug für Magie. Was sie wirklich brauchte, wäre nach Arizona zu gehen und ein Jahr in der Sonne herumzuliegen. Ich wünschte, ich hätte das Geld. Ich würde sie hinschicken. Wie dem auch sei, Ellen und ich haben eine Erfindung gemacht, die für uns alle eine Lösung sein könnte. Ich wollte sie allen hier zeigen, sobald wir ein richtig durchdachtes Modell hätten, aber zur Erklärung genügt auch ein Prototyp. Hier!« Er zog eine Art Füllhalter aus der Brusttasche und reichte ihn mir.

»Was ist das? Ein Füllhalter?«

»Nein.«

»Ein Fieberthermometer?«

»Nein. Nimm die Kappe ab.«

Ich schraubte die Kappe ab und fand, daß das Ding ein Miniaturschirm war. Er ließ sich öffnen und schließen und hatte einen Durchmesser von vielleicht zehn Zentimetern. Er erinnerte mich an einen von diesen winzigen bunten japanischen Sonnenschirmen, aber statt aus Papier und Holzstäbchen schien er aus Metall und Seide gemacht zu sein.

»Sehr nett«, sagte ich, »und sauber gemacht. Willst du damit den Spielzeugmarkt erobern?«

»Tauche ihn in Wasser.«

Mrs. Jennings goß mir etwas Wasser in eine leere Tasse, und ich tunkte den Miniaturschirm hinein. Er wurde in meiner Hand lebendig!

In weniger als dreißig Sekunden hielt ich einen aufgespannten, normal großen Regenschirm in der Hand und sah genauso einfältig aus wie ich mich fühlte. Bodie schlug mit der Faust in seine Handfläche.

»Das ist ein Schlager, Joe! Ich frage mich, warum noch nie jemand daran gedacht hat.«

Jedson nahm grinsend die Glückwünsche entgegen, dann griff er in die Jackentasche und sagte: »Das ist noch nicht alles. Wir haben auch mit anderen Sachen experimentiert. Da.« Aus einem Briefumschlag nahm er einen winzigen transparenten Regenumhang, passend für eine kleine Puppe. »Das ist der gleiche Trick. Und hier.« Er zeigte uns ein Paar Gummigaloschen, kaum zwei Zentimeter lang. »Niemand braucht mehr ungeschützt in einem plötzlichen Regenguß herumzulaufen. Fällt der Regen darauf — volle Größe. Trocknen die Sachen, schrumpfen sie wieder ein.«

Wir ließen sie von Hand zu Hand gehen und bewunderten sie.

»Ich habe mir einen hübschen Plan ausgedacht«, sagte Jedson. »Dieses Geschäft braucht einen Magier — das ist Jack Bodie hier — und einen Kaufmann — das bist du, Archie. Es hat zwei Gesellschafter, Ellen und mich. Sobald der Laden läuft, kann sie die Ruhekur machen, die sie braucht, und ich werde mich zurückziehen und meinen Studien nachgehen, wie ich es immer wollte.«

Ich fing sofort an, die kommerziellen Möglichkeiten zu überlegen, und plötzlich sah ich den Haken. »Moment, Joe. In diesem Staat können wir das Geschäft nicht aufziehen.«

»Nein.«

»Es wird Kapital nötig sein, um anderswo ein Bein auf die Erde zu kriegen. Wie sieht es bei dir aus? Offen gesagt, ich glaube nicht, daß ich fünftausend Dollar lockermachen könnte, wenn ich meine Reserven bei der Bank auflöste.«

Jedson schnitt ein Gesicht. »Verglichen mit mir bist du ein reicher Mann.«

Ich stand auf und wanderte hin und her. Wir mußten das Geld irgendwie zusammenbringen. Die Sache war zu gut, um sie liegenzulassen, und würde uns allen wieder auf die Beine helfen. Sie war patentreif, und ich sah kommerzielle Möglichkeiten, die Joe wahrscheinlich nie einfallen würden. Campingzelte, Schlauchboote, Badeanzüge, alles mögliche. Wir hatten eine Goldmine.

Mrs. Jennings unterbrach meine Gedanken mit ihrer hohen, dünnen Stimme: »Ich bin nicht so sicher, daß es einfach sein wird, einen Staat zu finden, der als Operationsbasis geeignet ist.«

»Verzeihung, wie war das eben!«

»Doktor Worthington und ich haben verschiedene Nachforschungen angestellt. Ich fürchte, Sie werden den Rest der Vereinigten Staaten genauso zugenäht finden wie diesen Staat.«

»Was? Alle Bundesstaaten?«

»Dämonen sind nicht den gleichen zeitlichen Beschränkungen unterworfen wie wir.«

Ich machte abrupt halt. »Dämonen?«

Dr. Worthington räusperte sich. »Ja, Sie haben recht gehört. Sehen Sie, im Lauf meiner Untersuchungen gewann ich einige Anhaltspunkte für meinen Verdacht. Ich beschloß, ihnen nachzuspüren. Es war ziemlich einfach; ich brauchte nur eine unauffällige Verkleidung zu wählen und diesen Mr. Ditworth zu beobachten. So verkleidete ich mich als Fensterputzer und machte mich eines Morgens etwa um die Zeit, da er das Gebäude der Magie GmbH zu betreten pflegt, an den großen Spiegeln der Eingangshalle zu schaffen. Nun, ich sah ihn hereinkommen und wendete mich dem Spiegel zu, scheinbar, um ihn zu polieren, in Wirklichkeit aber, um ihn beim Vorbeigehen zu beobachten. Ich hörte seine Schritte hinter mir, aber die Spiegel auf beiden Seiten blieben leer. Ditworth wurde von den Spiegeln nicht reflektiert.«

Jedson schnippte mit den Fingern. »Ein Dämon!« sagte er verblüfft. »Und ich hatte nie einen Verdacht!«

Ein bedrücktes Schweigen senkte sich wie Nebel auf uns herab. Die neugewonnene Erkenntnis trug nicht dazu bei, unsere Lage zu erleichtern. Die Entdeckung, daß Ditworth ein Dämon war, änderte wenig an der Situation, sie erklärte nur die Geschwindigkeit und Effizienz, mit der man uns kaltgestellt hatte. Wir diskutierten diese Frage und die der geplanten Geschäftsgründung unter allen Aspekten und kamen immer wieder zum Ausgangspunkt zurück. Es nützte uns nichts, ein neues, aussichtsreiches Geschäft zu haben; Ditworth hatte uns aus jedem Geschäft verdrängt, das mit Magie zu tun hatte.

»Diese Situation ist unerträglich!« platzte ich schließlich heraus. »Wir sollten uns nichts vormachen und es zugeben. Solange Ditworth das Heft in der Hand hält, sind wir geschlagen. Warum unternehmen wir nichts?«

Jedson gab mir ein gequältes Lächeln. »Weiß Gott, ich würde es gern tun, Archie. Aber es fällt mir keine brauchbare Möglichkeit ein.«

»Aber wir wissen, wer unser Feind ist — Ditworth! Greifen wir ihn an — legal oder nicht. Mit allen Mitteln!«

»Das ist genau der Punkt. Kennen wir unseren Feind? Wir wissen, daß er ein Dämon ist, aber was für ein Dämon? Und wo steckt er. Seit einer Woche hat niemand ihn gesehen.«

»Was? Erst vor ein paar Tagen glaubte ich . . .«

»Nur eine Puppe, eine hohle Schale. Der wahre Ditworth ist irgendwo außer Sicht.«

»Aber hör mal, wenn er ein Dämon ist, kann er dann nicht heraufbeschworen und gebannt werden?«

Diesmal antwortete Mrs. Jennings. »Vielleicht — aber es ist ungewiß und gefährlich. Überdies fehlt uns eine wichtige Voraussetzung — sein Name. Will man einen Dämonen beschwören, muß man seinen wirklichen Namen kennen, andernfalls gehorcht er nicht, gleichgültig, wie mächtig die Formel ist. Seit Wochen habe ich in der Halbwelt herumgehorcht, aber ich konnte den Namen nicht erfahren.«

Dr. Worthington sagte: »Meine Fähigkeiten stehen zu Ihren Diensten, wenn ich helfen kann, diesen Mißstand abzustellen.«

Mrs. Jennings dankte ihm. »Ich wußte, daß wir uns auf Sie verlassen können, Doktor. Aber ich sehe keine Möglichkeit, Ihre Hilfe in Anspruch zu nehmen.«

Jedson sagte plötzlich: »Weiß hat die Oberhand über Schwarz.«

»Gewiß«, sagte sie.

»Überall?«

»Überall, weil Dunkelheit die Abwesenheit von Licht ist.«

»Mit der Hilfe Doktor Worthingtons«, sagte Jedson nachdenklich, »könnten wir Licht in die Dunkelheit tragen.«

Sie dachte darüber nach. »Es ist möglich, ja. Aber sehr gefährlich.«

»Sie waren dort?«

»Gelegentlich. Aber Sie sind nicht ich, und das gilt auch für diese anderen.«

Alle schienen zu verstehen, worum es ging, nur ich nicht. »Einen Augenblick, bitte«, meldete ich mich zu Wort. »Ist es zuviel verlangt, wenn ich um eine Erklärung bitte, worüber hier gesprochen wird?«

»Es war keine Unhöflichkeit beabsichtigt, Archibald«, sagte Mrs. Jennings. »Mr. Jedson schlug vor, daß wir in die Halbwelt gehen, diesen Dämon ausfindig machen und ihn an Ort und Stelle angreifen sollten, weil wir hier nicht weiterkommen.«

Es kostete mich einen Moment, die einfache Kühnheit des Vorhabens zu erfassen. Dann sagte ich: »Fein! Wann soll es losgehen?«

Sie fielen wieder in eine professionelle Diskussion zurück, der ich nicht folgen konnte. Mrs. Jennings schleppte mehrere muffig riechende Bände heran und schlug einige Punkte darin nach, die Sanskrit für mich waren. Jedson lieh sich einen Band ihres Almanachs aus, und er und der Doktor gingen in den Garten hinaus, um den Mond zu beobachten.

Die Diskussion nahm ihren Fortgang. Es schien keine zufriedenstellende Art und Weise zu geben, Kontakt mit der realen Welt aufrechtzuerhalten, und Mrs. Jennings wollte sich nicht auf das Unternehmen einlassen, solange dieser Punkt nicht geregelt war.

Bodie wandte sich an Jedson: »Wie wäre es mit Ellen Megeath?«

»Ellen? Ja, natürlich, die wäre als Kontaktperson geeignet. Ich werde sie anrufen. Mrs. Jennings, hat einer Ihrer Nachbarn Telefon?«

»Lassen Sie«, sagte Bodie. »Denken Sie einfach ein paar Minuten an sie, so daß ich eine Leitung bekomme —« Er starrte angestrengt in Jedsons Gesicht, dann verschwand er plötzlich.

Vielleicht drei Minuten später kam Ellen Megeath aus dem Nichts in unsere Mitte. »Mr. Bodie kommt in ein paar Minuten nach«, sagte sie. »Er wollte unterwegs noch eine Schachtel Zigaretten kaufen.« Jedson nahm sie in seine Obhut und stellte sie Mrs. Jennings vor. Das Mädchen sah in der Tat kränklich und schwach aus, und ich konnte Jedsons Besorgnis verstehen. Alle paar Minuten schluckte und würgte sie krankhaft, wie wenn sie an Schilddrüsenwucherung litte.

Als Jack Bodie zurückkehrte, wurden die Einzelheiten besprochen. Er hatte Ellen bereits in den Plan eingeweiht, und nun ging alles Zug um Zug, weil sie in weiterem Abwarten keinen Vorteil sahen. Mrs. Jennings verteilte die Rollen. »Ellen, Sie werden mir in Trance folgen müssen; die Verbindung darf nicht abreißen. Ich glaube, die Couch dort neben dem Kamin ist ein guter Ort, wo Sie Ihren Körper ausruhen können. Jack, du bleibst hier und wirst den Eingang bewachen.« Der Schornstein von Mrs. Jennings' Wohnzimmerkamin wurde als höchst geeignet befunden. »Du bleibst mit uns durch Ellen in Verbindung.«

»Aber Granny, ich werde in der Halbwelt gebraucht.«

»Nein, Jack. Du wirst hier viel dringender gebraucht. Jemand muß den Zugang bewachen und uns zurückhelfen.«

Er murrte ein wenig, gab aber nach. Sie fuhr fort: »Ellen und Jack hier; Mr. Jedson, Doktor Worthington und ich machen die Reise. Sie werden nichts weiter zu tun haben als zu warten, Archibald, aber wenn alles gut verläuft, werden wir in zehn Minuten irdischer Zeit wieder hier sein.« Sie eilte in die Küche, sagte etwas von Salbe und rief Jack zu, er solle die Kerzen bereithalten. Ich lief ihr nach.

»Was meinen Sie damit, ich solle warten?« verlangte ich zu wissen. »Ich gehe mit!«

Sie schaute mich eine Weile aus ihren klugen alten Augen an, bevor sie antwortete: »Ich sehe nicht, wie das zu machen wäre, Archibald.«

Jedson war uns gefolgt und nahm meinen Arm, um mich aus der Küche zu ziehen.

»Sei vernünftig, Archie. Das ist völlig ausgeschlossen. Du bist kein Magier.«

Ich machte mich los. »Du auch nicht.«

»Vielleicht nicht im technischen Sinn, aber ich weiß genug, um nützlich zu sein. Sei kein hartnäckiger Dummkopf, Mann; wenn du mitgingst, würdest du uns nur behindern.«

Diese Art von Argument ist schwer zu beantworten und daher unfair. »Wie?« fragte ich.

»Zum Teufel, Archie, du bist kräftig und jünger als ich und willig, und in einer Wirtshausrauferei hätte ich dich wirklich gern neben mir, aber dies ist kein Job, bei dem Mut und Intelligenz allein gefragt sind. Er verlangt besonderes Wissen und Erfahrung.«

»Nun«, entgegnete ich, »davon hat Mrs. Jennings genug für ein Regiment. Aber — ich hoffe, Sie werden mir vergeben, Mrs. Jennings! — sie ist alt und gebrechlich. Ich werde ihre Muskeln ersetzen, wenn ihre Kräfte sie verlassen.«

Joe Jedson grinste belustigt, und ich hätte ihn in den Hintern treten können. »Aber das ist nicht, was bei einer solchen Expedition gefragt ist.«

Dr. Worthingtons Baß dröhnte aus dem Nebenzimmer: »Ich finde, Mr. Jedson, daß es möglicherweise doch einen Bedarf für die impulsive Ignoranz unseres Freundes gibt. Zuweilen ergeben sich Situationen, wo Weisheit allein zu wenig ist, weil sie zu Vorsicht neigt.«

»Warten Sie«, befahl Mrs. Jennings und zog einen Lederbeutel aus ihrem Küchenschrank. Er war mit dünnen Holzstäbchen in verschiedenen Farben gefüllt.

Sie warf die Stäbchen auf den Boden, und die drei beugten sich über das Durcheinander, um die Muster zu studieren.

»Noch einmal«, sagte Jedson, und die Alte warf die Stäbchen ein zweitesmal. Ich sah sie und Worthington einander Blicke zuwerfen und stumm nicken. Jedson wandte sich schulterzuckend ab, als Mrs. Jennings mir eröffnete: »Sie werden mitgehen. Es ist gefährlich, aber Sie werden mitgehen.«

Wir vergeudeten keine Zeit mehr. Die Salbe wurde erhitzt, und wir rieben uns gegenseitig die Rücken damit ein. Bodie, als Türhüter, saß inmitten seiner Pentagramme und Runen und las mit monotoner Stimme Passagen aus einem dicken Wälzer. Worthington entschied sich, in seiner eigenen Gestalt zu gehen, Ebenholz mit Lendenschurz, vom Kopf bis zu den Zehen mit Symbolen bemalt, den Kopf des Großvaters unter dem Arm.

Es gab eine längere Diskussion, bis sie sich auf eine endgültige Gestalt für Jedson einigten, und die Metamorphose wurde mehrmals unterbrochen und korrigiert. Zuletzt hatte er einen obszön verzerrten Schädel mit grauer Haut, einen krummen Rücken, die mageren Flanken eines Tieres und einen langen, knochigen Schwanz, mit dem er unaufhörlich zuckte. Aber die Gesamtkomposition war noch menschenähnlich genug, um einen viel größeren Abscheu zu erzeugen, als es bei einer mehr fremdartigen Erscheinung der Fall gewesen wäre. Ich fand ihn so widerwärtig, daß ich vor ihm zurückwich, aber er war erfreut. »Sehr schön!« rief er mit blecherner Stimme. »Sie haben großartige Arbeit geleistet, Mrs. Jennings. Asmodi könnte mich für seinen eigenen Neffen halten.«

»Lieber nicht«, sagte sie.

Nach wesentlich kürzerer Zeit einigten sie sich auf eine Gestalt für mich und vollzogen die Umwandlung, ohne mich zu fragen. Ein Blick in den Spiegel zeigte mir ein schuppiges Ungeheuer, eine Art Triton mit Spreizzehen und Schwimmhäuten zwischen den gummiartigen Fingern, einem breiten Fischmaul und den Augen eines Polypen.

»Wir sind fertig«, verkündete Mrs. Jennings. »Jeder nimmt seinen Platz ein.«

»Wie ist es mit Ihrer eigenen Transformation?« erkundigte sich Jedson.

»Das lassen Sie nur meine Sorge sein«, sagte sie, etwas spitz. »Auf die Plätze, jetzt.«

Mrs. Jennings und ich ritten Tandem auf einem Besen, ich voran und die Kerze bewachend, die vor mir im Birkenreisig steckte. Ich habe oft Abbildungen von Hexenritten gesehen, die den Besen mit dem Stiel nach vorn und dem Reisigbund nach hinten zeigen. Das ist ein Irrtum, der auf der verfehlten Übernahme aerodynamischer Prinzipien beruhen dürfte. Worthington und Jedson sollten uns dichtauf folgen. Seraphin sprang mit einem weichen Satz auf die Schulter ihrer Herrin und setzte sich.

Bodie sprach das magische Wort, unsere Kerze flackerte hoch auf, und wir waren fort. Ich fühlte mich von einer an Panik grenzenden Angst ergriffen, versuchte sie aber nicht zu zeigen, während ich mich an den Besenstiel klammerte. Die Kaminöffnung gähnte uns an und schwoll zu einem monströsen Tor. Das Feuer darin brüllte auf wie ein Waldbrand und riß uns mit seinem Luftsog hinein und aufwärts. Ich glaubte einen Feuerdämon zwischen den Flammen tanzen zu sehen und war überzeugt, daß es mein eigener war — derjenige, der manchmal meinen neuen Kamin beehrt hatte. Es schien ein gutes Omen zu sein.

Wir hatten das Portal weit hinter uns gelassen — wenn man solche Begriffe auf einen Ort anwenden kann, wo Richtungen symbolisch sind —, das Geheul und Geprassel des Feuers war verstummt, und ich begann vorsichtig neuen Mut zu fassen. Eine Hand klopfte ermutigend auf meinen schuppigen Rücken, und ich drehte meinen Kopf über die Schulter, um Mrs. Jennings mit einem Grinsen zu zeigen, daß ich Herr über meine Nerven war.

Beinahe wäre ich vom Besen gefallen.

Als wir gestartet waren, hatte hinter mir eine steinalte Frau gesessen, ein zusammengeschrumpfter, verhutzelter Körper, am Leben erhalten von einem unbezähmbaren Geist. Die ich nun sah, war eine junge Frau, kräftig, vollkommen und erregend schön. Es gibt keine Möglichkeit, sie zu beschreiben; sie war ohne einen Fehler irgendeiner Art, und die Phantasie konnte keine Verbesserung vorschlagen.

Aber es war dieselbe Frau!

Mrs. Jennings im Alter von vielleicht fünfundzwanzig Jahren, als sie die volle Reife erreicht und bevor die Zeit ihre Vollkommenheit verwischt hatte.

Ich vergaß, daß ich mich fürchtete. Ich vergaß alles, außer daß ich in der Gegenwart der bezwingendsten und dynamischsten Frau war, die ich je gekannt hatte. Ich vergaß, daß sie mindestens fünfzig Jahre älter war als ich und daß ihre gegenwärtige Erscheinung einfach ein Triumph der Zauberei war. Meine Gedanken waren zu konfus, um sie ausdrücken zu können. Sie war es, und das war genug.

Was die Halbwelt angeht — wie kann man einen Ort beschreiben, der in nichts mit dem übereinstimmt, was man kennt? Wie kann man von Dingen und Erscheinungen sprechen, für die keine Wörter erfunden sind? Man spricht von unbekannten Dingen in Begriffen, die bekannt sind, aber hier gibt es keine Verwandtschaft, die zu Vergleichen ermutigen könnte.

Es gibt einen auffallenden Unterschied zwischen der realen Welt und der Halbwelt. In der realen Welt gibt es Naturgesetze, die alle Veränderungen der Sitten und Kulturen überdauern; in der Halbwelt hat nur der Brauch eine gewisse Dauer, und Naturgesetze gibt es nicht. Fragen wie »oben« und »unten« waren Ansichtssache, und Richtungen und Entfernung konnte man genausogut in Tagen oder Farben ausdrücken wie in Kilometern.

Und doch war es keine sinnlose Anarchie, denn man gehorchte dem Brauch so selbstverständlich, wie wir uns den Gesetzen der natürlichen Phänomene fügen.

Wir machten eine scharfe Linkswendung in dem formlosen Grau, das uns umgab; wie Mrs. Jennings mir erklärte, wollten sie die Jahre nach einer Sabbatversammlung absuchen und dem Alten die Sache direkt vortragen, statt ziellos nach einem Wesen zu forschen, das kaum zu identifizieren wäre.

Dr. Worthington brachte den Sabbat heraus, obwohl ich nichts sehen konnte, bis wir Boden unter die Füße bekamen und weiterwanderten. Dann gab es Licht und Formen. Vor uns, ungefähr einen halben Kilometer entfernt, war eine Erhebung mit einem thronartigen Aufbau, der rötlich durch die diesige Luft schimmerte.

Wir waren nicht länger allein. Leben brodelte um uns her, kroch aus der Erde und erfüllte die Luft. Der Boden selbst zuckte und bebte, während wir darübergingen. Gesichtslose Wesen schnupperten und schnappten nach unseren Füßen. Im nebligen Dämmerlicht krochen und flatterten die unwahrscheinlichsten Kreaturen, grunzten, quietschten, kicherten, wimmerten, schmatzten und blökten. Unsere Anwesenheit schien sie auf eine unbestimmte Weise zu beunruhigen. Eine

Gestalt wankte uns in den Weg, eine Gestalt mit einem riesigen, geschwollenen Kopf und feuchten, biegsamen Armen. »Zurück!« schnaufte sie heiser. »Geht zurück! Kandidaten für das Hexentum melden sich auf der unteren Ebene.« Die Sprache war mir unbekannt, aber ich konnte sie verstehen.

Worthington schlug den Wächter nieder, und wir trampelten über die liegende Gestalt, deren kalkige Knochen unter unseren Füßen knirschten und knackten. Er zog sich winselnd in die Höhe und eskortierte uns in einigem Abstand bis vor den riesigen Thron.

»Das ist die einzige Art, wie man mit diesen Wesen zurechtkommt«, flüsterte Jedson in mein Ohr. »Man muß sie zusammenschlagen, und sie respektieren einen.«

Auf einer freien Fläche vor dem Thron drängten sich schwarze Hexen, schwarze Magier, Dämonen jeder Form und Größe und niedrigere unreine Dinge. Auf der linken Seite kochte der Kessel, auf der rechten drängte sich ein Teil der Versammelten zu einem Hexenmahl. Wir arbeiteten uns vorwärts.

»Was ist das?« erklang eine tiefe Stimme. »Das ist ja meine kleine Zuckerpuppe! Komm und setz dich neben mich, mein Schatz! Bist du gekommen, um endlich deinen Vertrag mit mir zu machen?«

»Ich bleibe lieber, wo ich bin«, sagte Mrs. Jennings munter. »Was den Vertrag angeht, so solltest du es besser wissen.«

»Aber warum bist du dann hier, mein Kind? Und warum solche komischen Begleiter?« Er ließ seinen Blick über uns gehen, schlug sich auf die haarigen Schenkel und lachte unmäßig. Worthington bewegte sich unruhig und murmelte; der Kopf seines Großvaters klappte die zahnlosen Kiefer auf und zu.

Jedson und Mrs. Jennings steckten die Köpfe zusammen, dann antwortete sie: »Ich möchte eine Untersuchung vornehmen.«

Er gluckste. »So — möchtest du? Ohne Vertrag?«

»Unter Berufung auf deinen Brauch.«

»Ach ja, der Brauch! Und was oder wen möchtest du untersuchen?«

»Ich weiß seinen Namen nicht. Er ist einer deiner Dämonen, der sich außerhalb deiner Sphäre unzulässige Freiheiten herausgenommen hat.«

Er schüttelte sich vor Lachen. »Du müßtest öfter kommen, es ist so amüsant mit dir! Hast du noch nicht gelernt, daß meine Sphäre überall ist? Und du suchst einen meiner Dämonen, dessen Namen du nicht kennst? Ich habe sieben Millionen Dämonen, meine Hübsche. Willst du sie einzeln untersuchen, oder alle miteinander?«

»Alle miteinander.«

»Niemand soll mir nachsagen, daß ich einem Gast nicht gefällig wäre. Wenn du — laß mich mal nachrechnen — fünf Monate und drei Tage vorwärts gehst, wirst du meine Herren anläßlich des Staatsfeiertags alle aufmarschiert finden.«

Ich erinnere mich nicht, wie wir hinkamen. Es war eine riesige braune Ebene und kein Himmel. Die ungezählten Legionen der Finsternis standen in militärischer Ordnung bereit, der Ansprache ihres obersten Herrn zu lauschen, bevor die Festlichkeiten begannen. Der Alte war von seinem Kabinett und einer Schar Würdenträger begleitet. Er selber hatte die Gestalt eines Ziegenbocks von Elefantengröße gewählt, aber die Herren seines Stabes überboten einander an abstoßender Phantasie.

Kaum waren wir erschienen, blickte der Ziegenbock in unsere Richtung. »Los, los, beeilt euch!« herrschte er uns an. »Wir sind nicht zu eurem Vergnügen hier!«

Mrs. Jennings führte uns wortlos zur nächsten der aufmarschierten Legionen. »Halt! Zurück!« bellte der Alte, dessen Stimmung seit unserem letzten Zusammentreffen offensichtlich umgeschlagen war. Und tatsächlich standen wir wieder, wo wir gewesen waren; unsere Schritte hatten uns nirgendwo hingeführt. »Ihr mißachtet den Brauch, auf den ihr euch beruft. Zuerst die Geiseln!«

Mrs. Jennings biß sich auf die Lippen, dann beriet sie sich

mit Jedson und Worthington. Sie schienen sich nicht gleich einigen zu können, und ich hörte Worthington sagen: »Da ich auf jeden Fall gehen muß, ist es am besten, ich wähle meinen Begleiter selbst. Mein Großvater rät mir, den Jüngsten mitzunehmen. Das ist Fraser.«

»Was ist mit mir?« fragte ich. Man hatte mich bisher an keiner Beratung beteiligt, aber dies hier war eindeutig meine Sache.

»Worthington will, daß du mit ihm gehst und Ditworth aufspürst«, erklärte Jedson.

»Wie soll ich das machen? Ich würde ihn unter diesen Ungeheuern nie erkennen. Und was hat das mit den Geiseln zu bedeuten?«

»Wenn Doktor Worthington Sie bei sich haben will«, sagte Mrs. Jennings sanft, »können Sie uns am meisten helfen, indem Sie mit ihm gehen. Und was das andere betrifft — da wir das Recht auf eine Untersuchung verlangt haben, müssen Sie Ditworth zurückbringen, oder die Geiseln sind verfallen. Mr. Jedson und ich werden bleiben.«

Ich merkte, daß Widerspruch zwecklos war, und ging. Dr. Worthington nahm seine Hundehaltung ein, als wir zur ersten Reihe der Dämonen kamen, aber zuvor reichte er mir den Kopf seines Großvaters. Unter anderen Umständen hätte ich den mumifizierten Schädel nur mit heftigstem Widerwillen berührt; hier war er auf einmal ein freundliches, anheimelndes Ding für mich. Worthington rannte auf allen vieren durch die Reihen, und ich folgte ihm, so schnell ich gehen konnte.

Dabei schien es viele Stunden lang zu bleiben, jedenfalls so lange, daß die Müdigkeit mich zu einem Automaten mit hölzernen, mechanischen Bewegungen machte und mein anfängliches Entsetzen zu einem dumpfen Unbehagen wurde. Ich vermied es, den Dämonen in die Augen zu sehen, und das half.

Abteilung auf Abteilung, Legion auf Legion durchkämmten wir ihre Reihen, bis wir schließlich am linken Flügel das

Ende erreichten. Worthington war sichtlich nervös. Als er fertig war, trottete er zu mir und winselte. Wahrscheinlich suchte er Rat bei seinem Großvater, aber ich bückte mich und klopfte ihm auf die Schulter.

»Nicht verzweifeln, alter Freund«, sagte ich. »Wir haben immer noch diese hier.« Und ich zeigte zu den Prinzen oder Generälen vor den Legionen des linken Flügels, die wir noch nicht überprüft hatten. Aber ich war selber mutlos; was waren ein halbes Dutzend Möglichkeiten gegen die bereits ausgeschiedenen sieben Millionen?

Worthington — ich wunderte mich, woher er die Kraft nahm — trottete in seiner Hundehaltung zum Standort des nächsten Generals, ich hinterdrein. Er fing an zu japsen, als er noch zwanzig Meter entfernt war. Der Dämon wurde unruhig und begann eine Metamorphose. Ich vergaß meine Erschöpfung und rannte. Selbst in dieser fremdartigen Gestalt hatte der Dämon etwas unbestimmt Bekanntes. »Ditworth!« schrie ich und stürzte mich auf ihn.

Ich fühlte mich von lederhäutigen Schwingen geohrfeigt. Klauen rissen durch meine Schuppenhaut. Worthington kämpfte mit mir, eine zwei Zentner schwere Athletengestalt, aber wir hätten verloren, wären völlig zusammengedroschen worden, wäre nicht eine unglaubliche Wendung eingetreten. Ein Dämon brach aus den Reihen und schoß auf uns zu. Ich fühlte sein Kommen mehr als ich es sah, und ich dachte, er käme seinem General zu Hilfe, und nun sei es ganz um uns geschehen, obwohl man mir versichert hatte, daß der Brauch ein solches Eingreifen nicht erlaube. Aber der Ankömmling half uns — uns, seinen natürlichen Feinden, und sein Eingreifen wendete das Blatt zu unseren Gunsten.

Plötzlich war alles vorbei. Ich fand mich auf dem Boden liegend, nicht mehr in einen Dämonenprinzen verkrallt, sondern in Ditworth — einen kleinen, freundlichen Geschäftsmann, gekleidet in einen Anzug von unauffälliger Eleganz, komplett mit Aktentasche, Brille und dünnem, ergrauendem Haar.

»Nehmen Sie mir das Ding aus dem Nacken!« sagt er gereizt. Das Ding war Großvaters Kopf, der sich mit seinem vertrockneten Zahnfleisch in Ditworths Hals verbissen hatte.

Worthington nahm eine Hand von unserem Gefangenen und ergriff wieder Besitz von seinem Großvater.

Der rettende Dämon war noch bei uns. Er hatte die Gestalt einer Riesenfledermaus und saß auf Ditworths Brust, die Krallen in seine Schultern gebohrt. Ich räusperte mich und sagte: »Ich glaube, wir schulden Ihnen unseren Dank — unser Leben . . .«

Ich wußte nicht, wie ich mich angemessen ausdrücken sollte. Die Situation überforderte mich.

Die Fledermaus machte eine zähnebleckende Grimasse, die freundlich gemeint sein mochte, aber beängstigend wirkte. »Erlauben Sie, daß ich mich vorstelle«, sagte sie. »Ich bin Agent William Kane vom FBI.«

Das war es, glaube ich, was mir zur Ohnmacht verhalf.

Als ich zu mir kam, lag ich auf dem Rücken. Irgendwo in meiner Nähe wurde geredet. Ich fühlte mich todmüde, doch ich wandte meinen Kopf und sah alle Mitglieder unserer Expedition vor Satans Thron versammelt. Worthington und der freundliche Dämon, der ein FBI-Agent zu sein behauptete, hielten Ditworth zwischen sich.

»Also war es mein Neffe Nebiros«, sagte der Gewaltige sinnend. Er schüttelte seinen Ziegenkopf und schnalzte. »Nebiros, du bist ein schlimmer Junge, und ich bin stolz auf dich. Aber ich fürchte, du wirst deine Kräfte mit dem Besten der ihren messen müssen, da sie dich nun einmal gefangen haben.« Er blickte Mrs. Jennings an und fragte: »Wer ist euer Champion, mein liebes Kind?«

Der freundliche Dämon sagte: »Das hört sich nach einem Job für mich an.«

»Nein, das wäre unklug«, widersprach Mrs. Jennings. Sie zog ihn beiseite und flüsterte auf ihn ein. Zuletzt zuckte er die lederhäutigen Flügel und gab nach.

Mrs. Jennings kam zurück, während ich mich aufrappelte.

Sie stellte sich vor unseren Gefangenen und sagte: »Wir zwei werden unsere Kräfte messen. Bist du bereit, Nebiros?« Ich bekam einen Schreck, doch dann fiel mir ein, daß sie es nicht tun würde, wenn sie Zweifel über den Ausgang hätte. Jedson sah meinen Gesichtsausdruck und kniff eines seiner blutunterlaufenen Bestienaugen zu.

Auch Nebiros schien die Lage realistisch einzuschätzen. Noch immer in seiner Ditworth-Gestalt und lächerlich mit der Aktentasche gestikulierend, wandte er sich an den Alten. »Ich kann es nicht riskieren, Onkel. Der Ausgang ist sicher. Verwende dich für mich.«

»Gern, lieber Neffe. Aber du weißt, daß ich dir in diesem Fall einen Denkzettel geben muß.« Dann, zu Mrs. Jennings: »Sollen wir sagen — ah — zehntausend Jahre?«

»So soll es sein«, stimmte sie zu. Es war keine harte Strafe, wie ich später erfuhr — ungefähr gleichbedeutend mit einer Gefängnisstrafe von drei oder vier Monaten in der realen Welt — denn er hatte nicht gegen den Brauch verstoßen; seine einzige Schuld war, daß er sich von Weißer Magie hatte überspielen lassen.

Satan hieb einen Arm abwärts durch die Luft. Ein donnerndes Krachen und greller Lichtschein betäubte und blendete uns, und als ich wieder sehen konnte, war Ditworth-Nebiros mit ausgebreiteten Armen und Beinen an einen mächtigen Felsblock geschmiedet, nun wieder in seiner Dämonengestalt. Im nächsten Augenblick glitt der Felsblock mit gewaltiger Beschleunigung in die Ferne, bis er am Horizont außer Sicht kam.

»Das dürfte alles sein, und ihr könnt gehen«, verkündete der Ziegenbock. »Euren Freund hier nehmt ihr am besten gleich mit. Ich werde mich später einmal mit ihm befassen, weil er gegen den Brauch verstoßen hat.« Er lächelte den Agenten hintergründig an. »Aber vielleicht gebe ich dir noch eine Chance, mein Freund. Tüchtige Leute kann ich immer gebrauchen. Also, auf ein anderesmal . . .«

Er war fort.

Oder vielmehr, wir waren fort. Der Alte und seine Truppenschau auf der braunen Ebene — alles war wie ausgelöscht. Wir standen in einem undurchdringlichen grauen Nebel. Der Dämon verneigte sich vor Mrs. Jennings. »Danke«, sagte er. »Ich wünschte, ich hätte einen Hut, den ich vor Ihnen abnehmen könnte.« Besorgt fügte er hinzu: »Wissen Sie, wie wir hier herauskommen können?«

»Sie nicht?«

»Nein, das ist das Dumme. Vielleicht sollte ich Ihnen erklären, wie ich hergekommen bin. Ich arbeite in der Abteilung zur Bekämpfung verbotener Monopole; wir hatten einige Informationen über diesen Ditworth oder Nebiros. Ich folgte ihm hier herein, weil ich dachte, er sei bloß ein schwarzer Magier, und ich könne sein Portal für die Rückkehr benützen. Als ich es besser wußte, war es zu spät, und ich saß in der Falle. Ich hatte mich schon damit abgefunden, eine Ewigkeit als imitierter Dämon zu verbringen.«

»Sie können unser Portal für die Rückkehr benützen«, sagte Mrs. Jennings. »Bleiben Sie einfach in unserer Nähe.«

Jack Bodie las immer noch laut aus dem Almanach, als wir landeten. »Achteinhalb Minuten«, sagte er nach einem Blick auf die Armbanduhr. »Hat es geklappt?«

»Ja«, sagte Jedson, während wir unsere Metamorphose durchmachten. »Genau wie wir es uns . . .»

Aber Bodie unterbrach ihn. »Bill Kane — du alter Halunke!« rief er. »Wo kommst du her? Direkt aus den Armen des Alten, möchte ich wetten!«

»Hallo, Jack«, sagte Kane, jetzt ein magerer Dreißiger in Hut und grauem Anzug. »Morgen komme ich vorbei, dann kann ich dir alles erzählen. Jetzt muß ich Meldung machen.« Womit er verschwand.

Ellen war aus ihrer Trance erwacht, und Jedson stand über sie gebeugt und fühlte ihren Puls. Ich hielt nach Mrs. Jennings Ausschau. Dann hörte ich sie in der Küche und eilte hinaus. Sie blickte auf und lächelte, und auf einmal wußte ich nicht mehr, was ich sagen sollte.

Ich glaube, ich hatte die unbewußte Absicht, sie zu küssen und mit ihr zu schlafen. Aber es ist sehr schwierig, etwas in dieser Richtung zu unternehmen, solange die betreffende Frau nicht in irgendeiner Weise ihre Bereitwilligkeit zu erkennen gibt. Sie tat es nicht. Sie war freundlich, aber sie hatte eine Barriere aus Reserviertheit zwischen uns errichtet, die ich nicht überwinden konnte.

Später, als wir mit den anderen im Wohnzimmer saßen, ließ ich meinen Kaffee kalt werden und starrte sie mit einer unbestimmten Frustration im Herzen an, während Jedson für Ellen und Jack Bodie einen wortreichen Bericht über unsere Erlebnisse zum Besten gab. Etwas später brachte er Ellen nach Hause und Jack folgte ihnen hinaus. Als Mrs. Jennings sie an der Tür verabschiedet hatte und zurückkam, lag Dr. Worthington ausgestreckt auf dem Schaffell vor dem Kamin. Die Katze hatte sich auf seiner breiten Brust zusammengerollt, und beide schliefen. Ich merkte auf einmal, wie hundemüde ich war.

Mrs. Jennings sah es mir an und sagte: »Legen Sie sich ein bißchen auf die Couch, wenn Sie wollen. Ich gebe Ihnen eine Decke.«

Ich ließ mich nicht zweimal bitten. Ich hörte noch, wie sie die Treppe hinaufging, dann war ich eingeschlafen.

Sonnenlicht schien in mein Gesicht und machte mich munter. Seraphin saß auf der Fensterbank und putzte sich. Dr. Worthington war fort, das Haus schien verlassen. Dann hörte ich ihre leichten Schritte in der Küche. Sofort war ich auf den Beinen und draußen.

Sie hatte mir den Rücken zugekehrt und reichte eben zu der altmodischen Pendeluhr hinauf, die an ihrer Küchenwand hing. Als sie mich hereinkommen hörte, drehte sie sich um — winzig, unglaublich alt, das dünne weiße Haar glatt zurückgekämmt und zu einem kleinen Knoten aufgesteckt.

Ich begriff, warum sie sich am Vorabend so reserviert verhalten hatte; sie besaß genug Verstand für uns zwei und hatte mir nicht erlauben wollen, mich lächerlich zu machen.

Sie schaute zu mir auf und sagte beiläufig: »Sehen Sie, Archie, meine alte Uhr blieb gestern stehen — aber heute morgen geht sie wieder.«

Mehr gibt es nicht zu sagen. Nach Ditworths Verschwinden und Kanes Meldung dauerte es nicht mehr lange, bis die Magie GmbH in aller Stille liquidiert wurde. Die neuen Lizenzbestimmungen waren totes Papier, noch bevor sie widerrufen wurden.

Wir alle haben die Gewohnheit angenommen, in Mrs. Jennings kleinem Haus zusammenzutreffen, so oft sie uns läßt. Ich bin wirklich dankbar, daß sie mir keine Affäre mit ihrem jüngeren Selbst erlaubte, denn unsere gegenwärtige Verbindung ist etwas Dauerhaftes, das Wert und Bestand hat. Freilich, wäre ich sechzig Jahre früher geboren, hätte Mr. Jennings — Gott hab' ihn selig — einen lästigen Rivalen gehabt.

Ich half Ellen und Joe beim Aufbau ihres neuen Geschäfts, dann schob ich ihnen Jack Bodie als Geschäftsführer unter, denn ich wollte meinen alten Beruf nicht an den Nagel hängen. Ich habe den neuen Anbau errichtet und diese zwei Lastwagen gekauft, genau wie Mrs. Jennings es prophezeit hatte. Der Laden floriert.